DUMONT

Lothar war Pilot – bevor es geschah. Seine Frau Ruth war damals Stewardess, nun hilft sie in der Telefonseelsorge. Ihr Sohn Merten glaubt als Einziger zu wissen, warum sein Bruder ermordet wurde.
In der Familie Wilber klafft eine Lücke. Man redet nicht über Jakob und über den Grund, warum er nicht mehr da ist. Am Tag der Verurteilung des Mörders zünden sie neben Jakobs Foto eine Kerze an und warten, bis der Anruf kommt: lebenslänglich. Nachts liegen die Eltern nebeneinander, und die Mutter fragt: »Bist du erleichtert?« – »Nein.« Schließlich ist es Ruth, die einen Schritt macht, um die Starre aufzubrechen.

Andreas Schäfer wurde 1969 geboren und lebt mit seiner Familie in Berlin. Er schreibt Reportagen und Theaterkritiken für den Tagesspiegel. Bisher veröffentlichte er den Roman ›Auf dem Weg nach Messara‹, für den er u.a. den Bremer Literaturförderpreis erhielt, und den Roman ›Wir vier‹ (DuMont 2010), der für den Deutschen Buchpreis nominiert war und mit dem Anna-Seghers-Preis ausgezeichnet wurde.

Andreas Schäfer

Wir vier

Roman

DUMONT

FSC
www.fsc.org
MIX
Papier aus verantwortungsvollen Quellen
FSC® C083411

Oktober 2011
DuMont Buchverlag, Köln

Umschlag: Zero, München
Umschlagabbildung: Jupiterimages
Gesetzt aus der Stempel Garamond
Druck und Verarbeitung: CPI – Clausen & Bosse, Leck
Gedruckt auf säurefreiem und chlorfrei gebleichtem Papier
Printed in Germany
ISBN 978-3-8321-6169-9

www.dumont-buchverlag.de

für Mirella
für Ava

Nichts – nur das Sirren des Windes in den Kiefern hinter dem Grundstück. Das Bett neben ihr war leer, und Lothars Decke bildete im Mondlicht einen bizarren Hügel, als sei sie wütend zurückgeschlagen worden. Ruth stützte sich auf. Sie sah sein Hemd über der Stuhllehne, auf der Sitzfläche die Zeitschrift, in der er geblättert hatte, als sie am Abend ins Zimmer gekommen war. Sie lauschte in die Stille hinein. Es dauerte, bis sie etwas vernahm, Schritte von unten aus der Küche und, kaum wahrnehmbar, Scheppern von Geschirr. Klirrende Flaschen in der Kühlschranktür. Dann, wesentlich lauter, ein Rumpeln aus dem Flur. Er trug die Schuhe, mit denen er im Garten arbeitete. Ihr aufgestützter Arm begann zu zittern, während sie hörte, wie ihr Mann die Kellertreppe hinunterstieg. In den letzten Monaten war es vorgekommen, dass er mitten in der Nacht Löcher für neue Rosenstöcke ausgehoben hatte, und bei der Vorstellung, dass er gleich die bemoosten Stufen zur hinteren Terrasse hinaufstapfen und im gelblichen Licht der Ballonlampen seinen Spaten in die Erde stoßen könnte, presste sie kurz die Augen zusammen und drehte sich ruckartig zur Tür, um das Bild zu vertreiben. Da stand er, in Boxershorts, und sah zu ihr hin. Sie brachte kein Wort heraus.

»Hab ich dich geweckt?«

»Ich dachte, du bist unten«, flüsterte sie und sank erleichtert ins Kissen zurück. Baumschatten huschten über die Dachschräge. Gestern hatte sie einen Spaziergang unternommen, während er über seinen großformatigen Bögen brütete. Der Wald war menschenleer gewesen, der Sand am Ufer der Kiesgrube hatte im Abendlicht geleuchtet wie Schnee. Und auf dem Weg zurück war sie so ruhig geworden, dass ihre Schritte jede Anstrengung verloren. Lothar stand noch immer in der Tür. Sein Körper wirkte massiger als sonst, der harte Zug um seinen Mund war fort, doch die Arme standen ab wie unter Spannung.

»Bist du schon lange wach?«, fragte sie. Er erwiderte nichts. »Alles in Ordnung?«

»Zu viele Zeichnungen im Kopf«, sagte er.

So weit sie es überblickte, hatte er seine Pläne kurzfristig über den Haufen geworfen. Statt Gebäude für Unterrichtsräume und Werkstatt wollte er nur noch einen kleinen Hangar auf das Gelände setzen. Sie wartete darauf, dass er ins Zimmer trat oder weitersprach, aber er blieb, wo er war, als hielte ihn etwas zurück. Schließlich sagte sie:

»Mein Fuchs war wieder da.«

Lothar kam nicht näher, lehnte sich aber an den Türrahmen und verschränkte die Arme vor der Brust. Sie konnte seine verschatteten Augen nicht erkennen, doch ein erwartungsvoller Ausdruck lag auf seinen Zügen. Sie wusste, dass er ihren Fuchs mochte, obwohl er ihm auf seinen Spaziergängen nie begegnete.

»Erst hab ich wieder das Knacken im Gehölz gehört«, sagte sie. »Dann brach er durchs Gebüsch und trabte zehn

Meter vor mir her. Ich hab gehofft, er würde mich bis zur Holzbrücke begleiten, doch plötzlich blieb er stehen, hob die Schnauze und war – zack – wieder im Unterholz verschwunden.« Sie meinte etwas wie Enttäuschung in Lothars Gesicht auszumachen. Keine zögernde Annäherung, kein Umeinanderstreichen, dieses Mal gab es von keinem Tanz zwischen dem Tier und seiner leise flüsternden Frau zu berichten. »Ich dachte, ein anderer Spaziergänger auf dem Weg nach Blumenhagen hat ihn verschreckt, aber als ich zur Gabelung kam, war weit und breit niemand zu sehen. Da lag nur ein Heft, aufgeschlagen, genau in der Mitte des Weges.«

»Was für ein Heft?«

Die scharfen Linien hatten sich wieder in seine Wangen gegraben. Sie saß aufrecht, ein Kissen im Rücken, und während sie Lothar ansah, wusste sie schützend das Haus um sich – der leere Raum bis zu den Dachbalken, die Abgeschlossenheit der Zimmer, die Weite des Wohnbereichs unter ihnen –, ein verwinkeltes Gehäuse, in dem sie sicher war.

»Ein Heft mit Bildern«, sagte sie. »Ein blutüberströmter Körper mit verdrehten Gliedern, neben dem eine Autotür auf der Straße lag. Ein verbogenes Stück Leitplanke ragte in den Himmel. Und weißt du, was die nächste Seite zeigte?«

»Du hast das Heft aufgehoben?«, fragte er ungläubig.

»Ich hab mit dem Fuß geblättert. Die Überreste eines Busses, in dem offenbar gerade eine Bombe hochgegangen war. Und dann war da noch ein gefesselter Mann, auf einer ganzen Doppelseite, Mund und Augen mit Klebeband verschlossen, neben seinem Gesicht ein Gewehrkolben.« Sie füllte ihren Bauch mit Luft. »Das ganze Heft bestand aus

Gewaltbildern. Jemand muss es dort hingelegt haben, um Spaziergänger zu erschrecken.«

Sie spürte seinen forschenden Blick.

»Was hättest du an meiner Stelle gemacht?«, fragte sie.

»Was? Nichts natürlich. Ich wäre weitergegangen. Vielleicht hätte ich es auch in den Graben getreten und mit Laub bedeckt, damit kein Kind es findet.«

Auch ihre erste Reaktion war gewesen: Weitergehen. Ignorieren. Doch dann war ihr die neugierige Abscheu desjenigen eingefallen, der das Heft als Nächstes finden würde, wenn sie es nicht aus dem Weg schaffte.

»Das habe ich auch gemacht«, sagte sie. »Ich habe es mit der Schuhspitze zur Seite befördert und Erde drübergeschoben. Aber dann dachte ich: Was ist, wenn ich beobachtet werde? Wenn einer von diesen Spannern, die tagsüber um die Kiesgrube schleichen, im Gebüsch hockt und jeden meiner Schritte verfolgt? Er könnte warten, bis ich weg wäre, und das Heft wieder hinlegen.«

»Du hast es angefasst!«

»Ich habe ein Blatt gesucht und es damit aufgehoben, und dann habe ich das Heft mitgenommen und entsorgt.«

Bei dem Gedanken an ihre Tat ergriff Ruth wieder das gestrige Hochgefühl, das umso erhebender gewesen war, weil sie es nicht erwartet hatte. Unschlüssig hatte sie auf das Häuflein Erde gestarrt, unter dem die zerknitterte Ecke des Heftes herausschaute. Entfernt war das Rauschen der Autobahn zu hören gewesen. Sie hatte keine Angst, aber ihr Herz pochte. Sie nahm ein Blatt vom Boden, zog das Heft mit spitzen Fingern unter dem Sand hervor und rollte es zusammen, peinlich darauf bedacht, das Papier nicht direkt zu berühren. Sobald sie die Rolle zwischen Daumen und Zeigefinger hielt, war der Schauder verschwunden. Und niemand hatte sie verfolgt.

Sie strich Lothars Decke glatt, ließ die Hand darauf liegen und sah ihren Mann an – doch Lothar reagierte nicht.

»Was heißt entsorgt?«

»Ich habe es verbrannt.«

»Verbrannt?«

»Ich habe es in der Küchenspüle verbrannt.«

»Du hast diesen Dreck ins Haus gebracht?«

»Ich wollte es nicht wegschmeißen, ich wollte, dass es sich auflöst, dass es verschwindet, und weil ich keine Streichhölzer dabei hatte, musste ich es mitbringen.«

»Du stehst in der Küche und verbrennst ein Heft, das du aus dem Wald mitbringst? Das irgendein Perverser ausgelegt hat?«

»Genau«, sagte sie trotzig.

Lothars Augen schimmerten angriffslustig. Er würde sich auf jedes ihrer Worte stürzen, aber da sie schwieg, schüttelte er nach einer Weile nur den Kopf und ging ins Badezimmer. Sie hörte, wie der Strahl ins Waschbecken traf, wie Lothar schnaubte und sich Wasser ins Gesicht schaufelte. Sie hatte in der Küche gestanden und dabei zugesehen, wie die Glut sich durch das beschichtete Papier gefressen hatte. Vier Streichhölzer hatte sie entzünden müssen, bis auch der letzte bedruckte Rest zu weißlicher Asche geworden war, die an ihrer Haut klebte, als sie mit dem Finger hindurchfuhr. Als Lothar wieder in die Tür trat, schien sein Ärger verschwunden. Ein undefinierbares Lächeln lag auf seinem Gesicht, er hielt ihr ein Glas mit Wasser hin. Dann machte er die paar Schritte zu ihr, setzte sich auf die Matratze, reichte es ihr und beobachtete zufrieden, wie sie trank.

»Warum hast du mir gestern Abend nichts davon gesagt?«, fragte er, nachdem sie das Glas auf den Nachttisch gestellt hatte.

»Es hat mich glücklich gemacht. Du hättest dich nur aufgeregt.«

Er sah sie an. Dann wandte er sich zum Fenster. Sein drahtiges Haar hatte sich in all den Jahren kaum verändert, war weder grau geworden noch zurückgegangen. Er trug es noch immer kurz, so dass es energiegeladen vom Kopf stand und ihm etwas Altersloses gab, doch jetzt, im Halbdunkel, wirkte sein Schädel wie eine Last. Er wollte am Vormittag einen der Grundstückserben im Odenwald treffen, wo er während seiner ausgedehnten Fahrten ein Gelände entdeckt hatte, ideal für einen Segelflugplatz: auf einer terrassenartigen Fläche am Rande eines Berges gelegen, hoch über einer Ebene. Ein Schild, von der Serpentinenstraße aus leicht zu übersehen, hatte in fahrig hingeschriebenen Lettern darauf hingewiesen, dass es zum Verkauf stand, was – wie sich herausgestellt hatte – nicht ganz stimmte. Denn von den drei Brüdern der Erbengemeinschaft waren bisher nur zwei gewillt, sich von ihrem Besitz zu trennen.

»Was machst du, wenn er nicht verkaufen will?«, fragte sie.

Seine Züge blieben unbewegt, und sie bereute, so abrupt das Thema gewechselt zu haben, doch dann huschte ein triumphierendes Lächeln über seine Lippen, seine Augen verengten sich, Lothars ganzer Körper schien plötzlich alarmiert, obwohl er die Haltung kaum verändert hatte; allein sein flacher Atem und die Entschlossenheit des nach innen gerichteten Blicks zeigten seine Sprungbereitschaft an, seine Piratenkraft, und sie war von dieser Wandlung auch dieses Mal überrascht. Sie schob ihre Zehen unter der Decke hervor, schabte mit dem Ballen über die Tapete. Er betrachtete ihren Fuß.

»Er wird verkaufen«, sagte er, während er mit einer ruhigen Bewegung, die ihr Bein bis zum Schenkel entblößte, die Decke zurückschlug. Er nahm ihre Ferse in die Hand, wiegte sie wie einen Gegenstand und legte die andere Hand um ihren Spann, so dass ihr Fuß umschlossen war von einem pulsierenden warmen Verband, dessen Druck sich als Strom bis in ihre Leiste zog. »Er wird verkaufen«, wiederholte er.

Als sie am Morgen erwachte, war Lothar schon aufgestanden. Sie duschte und ging im Morgenmantel in Jakobs Zimmer, um die getrocknete Wäsche vom Ständer zu nehmen. Seit sie das Haus allein bewohnten, hatten Lothar und sie nach und nach wieder alle Räume in Besitz genommen. Sie hatte Jakobs Reich zum Bügelzimmer umfunktioniert, und Lothar hatte im Hobbykeller, wo Merten früher auf die Trommeln eines Schlagzeugs eingeprügelt hatte, sein Werkzeug und die Gartengeräte ausgebreitet. Merten, der seit dem Abitur vor gut einem Jahr in einer winzigen, fürchterlich stickigen Mansarde hinter der Alten Oper lebte, hatte sein Kinderzimmer zwar noch immer, aber selbst das betrat sie hin und wieder, um zu saugen oder ihm seine Post auf den Schreibtisch zu legen.

Als sie Jakobs Fenster öffnete, sah sie, dass Lothar in Badehose am Rand des Pools stand und mit dem Käscher die Oberfläche reinigte. Es war Ende August, die Tage noch heiß, aber über Nacht wurden schon Blätter von der Eiche aufs Wasser geweht. Seit Lothar vor acht Wochen von einem Wanderurlaub auf den Kykladen zurückgekehrt war, verbrachte jeder den Anfang des Tages für sich – er schwamm, machte ein paar Handgriffe im Garten, deckte den Tisch, sie drehte ihre Runde durchs Haus und verschwand in ihrem Arbeitszimmer, um sich einen Überblick über die eingegangenen E-Mails zu verschaffen. Sie hatten nie über diese Regelung gesprochen, es hatte sich einfach ergeben. Doch jetzt ging sie nicht nach unten, sondern blieb am Fenster und blickte über die gepflegten, durch Hainbuchen- und Ligusterhecken voneinander getrennten Gärten und Siedlungshäuser, von denen einige noch aus den dreißiger Jahren stammten, ursprünglich errichtet für die Besatzungen der Zeppeline, deren Landeplatz nur wenige Kilometer von Steinbach entfernt hinter dem Stadtwald gelegen hatte. Viele Bewohner dieses Viertels arbeiteten auch heute noch am Flughafen, doch die meisten Häuser waren inzwischen modernisiert oder abgerissen worden, um einem Bungalow oder einer in Pastelltönen gehaltenen Villa im Landhausstil zu weichen. Auch sie hatten überlegt, das zweigeschossige Häuschen mit dem Giebeldach durch ein neues zu ersetzen, als sie es vor über zwanzig Jahren von einer fidelen alten Dame übernahmen, deren Mann als Offizier auf der *Hindenburg* den Absturz in New York überlebt hatte. Sie hatten den Zuschlag nur erhalten, weil auch Lothar Pilot war – eher aus sentimentalen Gründen entschlossen sie sich zu einem aufwendigen Umbau. Damals bestand das Haus aus vier nahezu gleich großen Zimmern, zwei ebenerdig, zwei im Obergeschoss, und sie brachen durch Wände, erweiterten das Wohnzimmer zum Garten hin, fügten im Süden einen Kubus an, bauten Kellerzimmer und Dachgeschoss aus und ließen im vorderen Teil des Gartens eine Grube für den Pool ausheben, auf den ihre Söhne als Kinder erst stolz waren, um sich später vor ihren Klassenkameraden dafür zu schämen. Mit seinen Fensterfronten, offenen Durchgängen und dem Zwischengeschoss erinnerte so gut wie nichts mehr an das alte Gemäuer, aber manchmal, wenn sie hier am Fenster stand wie jetzt, spürte sie nicht nur Jakobs Anwesenheit so stark, als würde er noch hier leben, sondern auch den alten Pioniergeist, einen Hauch von Konzentration, Tatendurst und erhabener Rücksichtslosigkeit, von dem sie sich beruhigen ließ.

Lothar richtete die Schwimmbrille, und an der Genauigkeit, mit der er das Gummiband am Hinterkopf fixierte, las sie ab, dass er sie am Fenster entdeckt hatte. Er ließ die Schultern kreisen, ging in die Hocke – und richtete sich wieder auf, hob den Kopf und schaute zu ihr hin, und sie blickte auf die dunkelblau getönten Plastiktropfen über seinen unsichtbaren Augen. Sie lächelte, er schaute nur – dann glitt er kopfüber ins Wasser.

Ruth nahm die Handtücher vom Wäscheständer und legte sie zusammen, bis das Klingeln des Telefons sie aus den Gedanken riss. Barfuß lief sie die mit Teppichboden bezogenen Stufen der Wendeltreppe hinunter und blieb vor der Anrichte im Esszimmer stehen.

»Wilber.«

Es knisterte in der Leitung. Schließlich hörte sie Mertens Stimme.

»Hey, du klingst so gehetzt. Bist du unter die Morgenschwimmer gegangen?«

»Ich stand an Jakobs Fenster, einen Berg Wäsche auf dem Arm.«

»Und Papa schwimmt, die Sonne scheint, und die Jalousien bei Brücks sind unten, weil sie mal wieder im Urlaub sind.« Ihr Sohn stöhnte übertrieben: »Wie schön, dass man sich darauf verlassen kann.«

Die Küchenuhr zeigte kurz nach acht. Ruth hatte mit seinem Anruf nicht vor zehn gerechnet. Es war Mittwoch, also hatte er gestern Abend gearbeitet, mindestens bis halb zwei. Wahrscheinlich hat er noch gar nicht geschlafen, dachte sie. Das würde wenigstens seine launige Art erklären.

»Also«, sagte sie. »Wie ist es gelaufen?«

»Ach so. Ja. Nett. Ich würde sagen: Es war nett.«

»Nett?«

»Ja, das Gebäude ist interessant, es gibt eine Wiese, in der Skulpturen stehen, und eine Studentin saß in der Sonne und ließ sich von einer anderen porträtieren.«

»Aha.«

»Der Professor war auch nett. Eine Sekretärin zeigte mir den Raum, ich habe geklopft, und dann stand ich in einem großen Atelier, und der Professor gab mir die Hand. Ich habe die Mappe auf einen Tisch gelegt, und er hat sie aufgeschlagen und sie sich angeguckt.«

Als er nicht weitersprach, fragte sie:

»Was hat er gesagt?«

»Nichts, eigentlich. Er hat die Bilder durchgesehen, und

als er zu dem Jungen vor dem Karussell kam, hat er gesagt: ›Das gefällt mir. Das gefällt mir gut.‹«

Sie kannte das Foto. Im Gegensatz zu den anderen, auf denen hauptsächlich diffuse Flächen zu sehen waren, zeigte es einen Menschen, einen vielleicht sechsjährigen Jungen, der zu den fliegenden Sitzen eines Kettenkarussells hochschaute und dabei in die Hände klatschte. Das meiste an dem Bild war verwischt, nur das Gesicht des Jungen trat scharf hervor. Sein Blick war von banger Begeisterung, voll Hingabe für den Rausch der Bewegung und gequält vom Ausgeliefertsein an das Chaos um ihn herum.

»Und sonst?«

»Sonst hat er nichts gesagt, ich meine, nicht zu den Fotos. Erst als wir uns später gegenübersaßen, hat er mich gefragt, ob ich mir vorstellen könnte, auch etwas anderes zu studieren.«

»Nein«, erwiderte sie. »Das hat er nicht!«

»Doch Mama«, sagte Merten kalt, mit einer Stimme, die sie an Lothars erinnerte. »Genau das waren seine Worte.«

»Ach Schatz«, sagte sie schnell. »Das ist nur *eine* Meinung.«

Danach wusste sie nicht, was sie noch sagen sollte. Sein rechthaberischer Groll machte sie müde. Durchs Fenster sah sie Lothar an der chromglänzenden Treppe aus dem Wasser steigen und sich nach einem Handtuch bücken. Kurz drückte er den blauen Stoff gegen das Gesicht, dann stand er regungslos im Gras, schwer atmend, den Mund vor Erschöpfung verzogen. Da hörte sie Vögel am anderen Ende der Leitung.

»Sind das Möwen?«, fragte sie.

»Was?«

»Ob das Möwen bei dir sind?«

»Kann sein«, sagte er, plötzlich wieder vergnügt. »Ja, eindeutig. Hier reiten ein paar Möwen auf dem Küstenwind.«

Sie presste den Hörer gegen ihr Ohr. Hamburg–Frankfurt plus die Strecke von der Nordsee. Das war niemals bis eins zu schaffen.

»Wo bist du, um Himmels willen?«, fragte sie, die weißlichen Flammensäume der Robinienblätter und den von Lothar gedeckten Tisch auf der Terrasse im Blick.

»Ich weiß auch nicht genau. Irgendwo an einem holländischen Strand. Wir wollten den Sonnenaufgang am Meer erleben. Hat aber nicht geklappt. Warte mal. Wie heißt das hier?« Es rauschte und knisterte. Sie hörte das Flüstern einer weiblichen Stimme, dann sagte Merten:

»Ostvorne. Ostervorne. So ähnlich. Südlich von Rotterdam. Überall scheußliche Fabrikanlagen. Ich hab mir das romantischer vorgestellt. Man kann hier übrigens tatsächlich in alle Häuser reingucken. Keine Vorhänge, gar nichts.«

»Aha«, machte sie wieder, die Augen vor Konzentration geweitet. Merten war empfindlich wie eine Schnecke. Ein falscher Ton, und er zog sich hinter absurde Sätze zurück oder verstummte für unbestimmte Zeit ganz. Lothar und er konnten deswegen kaum noch miteinander reden; wenn sie nicht aufpasste, zerstörte sie mit einem Satz die Früchte ihrer Wochen dauernden Telefonbemühungen. »Die Niederländer haben eben keine Geheimnisse. Weder vor Gott noch vor den Nachbarn.« Sie setzte eine Pause. »Es wäre schön, wenn du dich trotz deines Ausflugs um ein Uhr an der Alten Oper einfinden könntest. Wie verabredet.«

»Das war auch unser Plan. Kaffee trinken. Und dann zurück auf die Autobahn. Pünktlich um eins werden wir da sein.«

»Merten!«, entfuhr es ihr mit einem Drängen, das dramatisch in ihren Ohren nachklang. »Dieses Treffen war lange vereinbart. Zwischen dir und deinen Eltern.« Doch er ging nicht darauf ein.

»Keine Sorge. Für die Hinfahrt haben wir auch nur vier Stunden gebraucht.«

Die schreienden Möwen waren nicht mehr zu hören – wahrscheinlich hatte seine Begleitung das Fenster geschlossen. Es gab nichts mehr zu sagen. Sie versuchte, sich ihren Sohn in seinem alten weißen Peugeot auf einer Uferstraße vorzustellen, das Haar zerzaust, die Augen gerötet vor Müdigkeit, und neben sich ein Mädchen oder eine Frau, die sie wohl am Mittag kennenlernen würde.

»Fahrt vorsichtig«, sagte sie.

»Klar«, sagte Merten. »Mama?«

»Ja.«

»Bitte erzähl Papa nichts vom Treffen mit dem Professor.«

Sie lauschte auf den Atem ihres Sohnes, während sie das verschlossene Gesicht ihres Mannes sah, der – noch immer in Badehose – inzwischen am Tisch saß und mit kräftigen Bewegungen seines Kiefers Müsli zerkleinerte.

»Bis nachher«, sagte sie.

»Was sollte denn das?«, fragte Miriam, nachdem das Gespräch beendet war, das Merten ursprünglich begonnen hatte, um sein Kommen am Mittag abzusagen.

»Ich weiß es nicht.«

Die Verärgerung gab Miriams Gesicht scharfe Konturen, Wangenknochen und Nase wirkten wie geschnitzt.

»Du weißt es nicht?«

»Nein«, sagte er. »Ich weiß es nicht.« Ihre seegrünen Augen blickten ihn an. Dann stieg sie aus und verschwand in den Dünen. Merten beugte sich vor, um den Flug der Möwe besser bewundern zu können, doch als er sich der Scheibe näherte, fiel der Vogel mit einem gellenden Schrei zurück, aus seinem Blickfeld, und Merten drückte seinen verspannten Rücken wieder gegen die Lehne. Das Mobiltelefon lag noch immer in seiner Hand. Die Küste ist nicht schlecht, dachte er, während er den asphaltierten Fahrradweg entlangblickte, der die Sanddüne vom Wald trennte. Nur das Hinterland ist hässlich. Beim Blick in den Rückspiegel sah er wieder die riesigen Windräder, daneben die Silos und Förderanlagen des Euroports und, direkt hinter dem Parkplatz, die Kleingartensiedlung, in deren Gassen er sich im Morgengrauen hoffnungslos verfahren hatte. Drei Mal hatte er geglaubt, den Ausgang aus dem Labyrinth gefunden zu haben, drei Mal waren sie wieder an der Kreuzung gelandet, an der ein handgemaltes Schild vor spielenden Kindern warnte.

Sie waren plötzlich auf die Idee gekommen, bei einem Kelleritaliener in der Nähe des Hauptbahnhofs. Zwei Minuten später hatten sie schon im Neonlicht der Nachtbars auf der Straße gestanden, johlend vor Freude, eine halbe Stunde darauf rauschten sie auf die Autobahn, ausgestattet mit Mineralwasser, Schokolade und pappigen Käsebrötchen von der Tankstelle. Kurz nach der holländischen Grenze begann der zähe Kampf gegen die Müdigkeit. Als Merten zwei Stunden später, den Kopf nah an der Windschutzscheibe, den Wagen über die dunklen Wege der Laubenkolonie steuerte, hatte Miriam verschlafen die Augen geöffnet und »Wo sind wir?« gefragt. Mit leisem Knirschen, erinnerte er sich, hatten die Räder auf einer sandigen Asphaltfläche angehalten. Das nahe Tosen der Wellen, würzige Seeluft, die durch die offenen Fenster ins Innere des Autos strömte. Doch als sie dann den Kamm der Düne erklommen, erhob sich vor ihnen eine undurchsichtige Nebelwand. Enttäuscht waren sie zum Auto zurückgetrottet und – die Hände auf der Ablage zwischen den Sitzen ineinander verschränkt – augenblicklich eingeschlafen.

Er rieb mit den Handflächen über sein Gesicht, dann stieg er aus, obwohl er nicht wusste, was er Miriam sagen sollte. Über ihre Familien hatten sie nur Andeutungen verloren, sie redeten ohnehin nicht viel, weder während ihrer gemeinsamen Arbeit im Café, noch nach den abendlichen Schichten, wenn sie stundenlang durch die Bars der Innenstadt trieben. Vor vier Wochen hatte er sie nach einem nächtlichen Sommergewitter, das sie auf einer Wiese am Main überraschte, die Stufen in sein Mansardenzimmer hochgeführt – und seitdem dauerte der Zustand an: Die Gegenwart weitete sich wie ein immer größer werdender Raum.

Auf verwitterten Holzlatten stieg Merten den Sandberg hinauf und blieb stehen, als er den Strand überblickte. Weißer Sand zog sich kilometerweit nach Süden bis zum Horizont, wo im Dunst eine Landzunge zu erahnen war. Das Meer hatte sich weit zurückgezogen; zwischen den Lachen und Seen, die es hinterließ, pickten Möwen im Schlick nach Krebsen. Ein einzelner Radfahrer fuhr am Rand des Watts entlang, in eine Windjacke gepackt, dabei war die Luft selbst zu dieser frühen Stunde schon warm. Miriam saß dreißig Meter entfernt, die Arme um die Knie geschlungen, die Segelschuhe neben sich im Sand, und die Art, mit der sie aufs Wasser schaute, erinnerte ihn daran, wie sie manchmal im Getränkeraum stand, still und geladen, um sich zu beruhigen, nachdem ein Gast sie provoziert hatte. Als er auf sie zukam, warf sie ihm einen düsteren Blick zu. Er ließ sich neben ihr in den Sand fallen. Sie sagten beide nichts. Merten kniff die Augen zusammen, bis der Fahrradfahrer nur noch ein dunkler Umriss war, der sich wie ein Insekt über eine helle Fläche bewegte.

»Ich rufe an und behaupte, wir haben eine Panne und können nicht kommen.«

Miriam schüttelte den Kopf.

»Redest du mit deiner Mutter eigentlich immer so?«

Statt zu antworten hob er die Schultern. Sie war sechs

Jahre älter als er und hatte in Braunschweig Tanz studiert und in einer Kompanie getanzt, die sich aufgelöst hatte, doch ursprünglich kam ihre Familie aus Russland, immerhin das hatte sie ihm verraten. Einmal hatte er sie gefragt – mit vollen Tabletts waren sie sich im Mittelgang begegnet –, warum sie eigentlich nach Frankfurt gekommen sei. Miriam hatte gequält gelächelt und, als er ihr kurze Zeit später das dreckige Geschirr für den Küchenaufzug anreichte, mit vollem Ernst gesagt: »Um mich auszuruhen.«

»Stimmt es eigentlich, dass man in Russland seine Eltern siezt?«, fragte er.

Sie war so erstaunt, dass sie auflachte, hell und meckernd und, wie er verwundert feststellte, verletzt.

Sie gingen am Ufer entlang, obwohl er den Eindruck hatte, dass Miriam am liebsten sofort zurückgefahren wäre. Sie hatte die Hosenbeine ihrer Jeans hochgekrempelt, trug die Schuhe in der Hand und blieb immer einen Schritt schneller als er. Ein leichter Wind war aufgekommen. Sie kamen an einer Surfschule vorbei, in der kein Mensch zu sehen war; Autoanhänger, in denen sich Bretter stapelten, ein kleines Segel flappte im Sand. Als das Gebäude hinter ihnen lag, fragte Miriam:

»Sag mal, sparst du eigentlich auf etwas?«

»Was?«, sagte er überrascht. »Auf was soll ich denn sparen?«

Sie blieb stehen.

»Keine Ahnung.« Als er nichts erwiderte, machte sie einige Schritte rückwärts. »Ich meine, die Schufterei muss doch einen Sinn haben. Du arbeitest viermal die Woche im

Café. Du wohnst in diesem winzigen Zimmer und verdienst viel mehr, als du brauchst.« Sie zog die Schultern hoch und ließ sie wieder fallen. »Da ist die Frage doch nicht ungewöhnlich, oder?«

Er wandte sich ab. Weit und breit kein Dorf. Nur der Fahrradweg, der jetzt auf der Anhöhe entlangführte. Er dachte daran, wie er nachts in seinem Zimmer das Geld zählte, Schein auf Schein legte, die blaue Europaflagge oben links, daneben die Münzen zu Zehn-Euro-Türmen aufschichtete, bevor er das Papiergeld in einer Kiste verstaute und das Silber ins Portemonnaie zurückschob.

»Nein. Ich spar auf nichts. Auf nichts Bestimmtes.«

Eine Falte des Zweifels wuchs zwischen ihren Brauen in die Stirn. Ihr dunkelblondes Haar fiel bis auf ihre Schultern. Breitbeinig stand sie im Sand.

»Nein?«, wiederholte sie.

»Nein.«

Sie kniff die Augen zusammen, wie von der Sonne geblendet, und zog die Nase kraus. Er wollte lächelnd auf sie zugehen, aber etwas ließ ihn zögern, denn auf einmal blickte sie aus großen Augen durch ihn hindurch.

»Weißt du, was seltsam ist? Wenn ich allein bin und an dich denke, dann weiß ich nicht mehr, wie du aussiehst.« Sie machte eine Pause, als müsste er etwas darauf erwidern.

»Und?«

»Ich kann mich auch nicht mehr an deine Stimme erinnern. Es ist, als wärst du nur da, wenn wir zusammen sind, und sonst, ich weiß nicht.«

Er blickte ratlos in ihr Gesicht, das vor Konzentration fast böse wirkte. Als er nach einer Weile noch immer nichts erwidert hatte, wandte sie sich ab und ging die Steigung hinauf.

Sie gelangten über einen Pfad in einen Wald, dessen welliger Boden bei jedem Schritt federnd nachgab. Es gab keine umgestürzten Bäume, keine Sträucher, kein Unterholz, nur Nadeln und Rinde bedeckten den Untergrund, der von einem Netz aus geschlängelten Trampelwegen durchzogen war. Ein sanftes Rauschen kam aus den Kronen, aber es waren keine Vögel zu hören. Obwohl ihre Worte ihn irritierten, fragte er nicht nach, denn mit ihrem Bekenntnis hatte sich ihre Stimmung schlagartig gebessert. Sie ging langsamer und schien zum ersten Mal Augen für die Umgebung zu haben. Und mit Erleichterung stellte er fest, dass sich etwas in ihrem Verhältnis verschoben hatte, auf das er seit Wochen gewartet hatte: Er fühlte sich nicht mehr jünger als sie.

Statt des Ortes erreichten sie hinter dem Wald erneut eine Dünenlandschaft – obwohl nirgends Wasser zu sehen war –, eine tief liegende Ebene mit dicht bewachsenen Tälern, aus denen hin und wieder Sandkuppen ragten. Miriam zog ihre Schuhe an, und sie kämpften sich auf kaum erkennbaren Wegen, von denen einige im Morast endeten, durch hüfthohe Sträucher. Es war wärmer geworden, die Luft ließ schon die Hitze des Tages erahnen, aber in den Gräsern hing noch die Frische des Morgens. Als sie eine wilde Wiese durchquerten, blieb Miriam plötzlich stehen und zog ihn zu Boden. Sie drückte seinen Oberkörper nach hinten, die gleiche Unschuldsmiene im Gesicht wie im Café, wenn sie ihn während der Arbeit unvermittelt in das Kabuff hinter der Kasse schob. Er wartete, dass sie etwas sagte oder tat oder mit dem unverständlichen Flüstern begann, das ihre Rangeleien einleitete, aber sie bettete nur ihren Kopf auf seine Brust, und so lagen sie auf der feuchten Erde, im Rauschen der Halme, und er schaute in den ausgebleichten Himmel, bis der leichte Schwindel wieder nachließ. Das letzte Mal war er mit Jakob und seinen Eltern am Meer gewesen, der letzte gemeinsame Urlaub am Cap Ferret. Stundenlang waren sein Bruder und er mit rudernden Armen auf Surfbrettern Atlantikwellen heruntergeschlingert oder hatten ganze Nachmittage Boccia spielend am Strand verbracht, während ihr Vater lange Spaziergänge unternahm und ihre Mutter unter einem Sonnenschirm historische Romane las.

»Und, klappt das mit dem Ausruhen?«, fragte Merten aus heiterem Himmel, die Stimme eine Spur zu laut.

»Was?«, machte sie schläfrig. Ihr Zeigefinger begann sich um den Stängel einer Blume zu drehen. Dann stützte sie das Kinn in die Kuhle zwischen zwei seiner Rippen und blickte ihn an. Ihre Augen waren so nah, dass er den ausgefransten Rand zwischen Iris und Weiß sehen konnte. »Du meinst in Frankfurt?« Er schwieg. »Sicher«, sagte sie. »Wenn der Laden so voll ist, dass ich keine Sekunde an etwas anderes denken kann – dann fühle ich mich wunderbar ausgeruht.«

Seine Hand wölbte sich um die Rundung ihrer Schultern. Wärme breitete sich in seinem Magen aus und kroch als feines Prickeln die Brust hinauf. Er dachte daran, dass sie manchmal durchs leere Café schritt wie über einen Laufsteg, einen Fuß vor den anderen setzend, und sich dabei verwundert in den Spiegeln betrachtete, als könnte sie nicht glauben, wen oder was sie sah. Sie tanze nicht mehr, weil ihr

Knie kaputt sei, hatte ein Koch behauptet. Sie sei nur für den Sommer in Frankfurt, um Geld für die Gründung einer eigenen Truppe zu verdienen, hatte ein anderer gesagt.

»Warum tanzt du eigentlich nicht mehr?«

Ihr Blick trieb davon. Eine altertümliche Starrheit trat in ihre Züge, die er nur von Frauen auf Schwarz-Weiß-Fotos kannte.

»Wer hat behauptet, dass ich nicht mehr tanze?«

»Niemand. Ich dachte nur.«

Er wartete, während sich ihr Zeigefinger weiter um den Stängel drehte, als spielte er mit einer Haarsträhne.

»Ich hab Hunger«, sagte sie und stand auf.

Sie kamen an einem Fußballplatz vorbei, hinter dem auch schon die schmucken Einfamilienhäuser mit den frisch lackierten Holzfassaden und den großen, bis zum Boden reichenden Fenstern folgten. Und mit den Häusern änderte sich ihr Schweigen, wurde gespannter, aufmerksamer, als beträten sie gefährliches Gelände. Durch die blitzblanken Scheiben sah man von der Straße direkt auf die Sessel und Tische und Bilder an den Wänden, die durch die winzigen Vorgärten unwirklich nach vorne rückten. Niemand war zu sehen. Es regierten die Dinge, unberührt wirkende Oberflächen mit abweisendem Glanz, über die er gern mit dem Objektiv seiner Kamera gefahren wäre, auf der Suche nach Unregelmäßigkeiten oder ungewöhnlichen Kontrasten, die er vergrößert und immer näher herangezogen hätte, bis aus den Gegenständen Strukturen und aus den Räumen grobkörnige Flächen geworden wären, auf denen das Auge hilflos umhergeirrt wäre. Mit flauem Gefühl dachte er daran, wie der Professor seine Mappe durchgeblättert hatte. Sein Blick hatte nichts verraten, aber sein wachsender Unmut über die gestohlene Zeit war mit Händen zu greifen gewesen.

»So viele Bilder und nur eine einzige Person. Wieso machen Sie nicht mehr Porträts?«, hatte er gefragt, als sie anschließend in cordbezogenen Sesseln saßen.

»Ich mag es nicht, das Objektiv auf Menschen zu richten«, hatte er geantwortet.

»Aber Dinge scheinen Sie auch nicht zu mögen.«

Sie fanden eine Bäckerei mit Cafébetrieb gegenüber einer Kirche, dem einzigen alten Gebäude weit und breit, setzten sich in den Schatten einer Ulme und bestellten Rühreier, Früchtemüsli und Cappuccino. Miriam saß aufrecht, schaute zum kleinen Platz, wo es einen Stand für Obst und Gemüse gab. Entfernt war Kindergeschrei zu hören, ein Jeep rollte mit tief grummelndem Motor langsam vorbei. Merten wollte etwas über die unwirkliche Atmosphäre der Straßenzüge sagen, die ihn an einen Film erinnerte, dessen Name ihm nicht einfiel, fingerte das Mobiltelefon aus der Hosentasche, um endlich zu Hause anzurufen und sein Kommen abzusagen, aber Miriam kam ihm zuvor.

»Ich mach's.«

»Was?«

»Ich komme mit zu deinen Eltern.«

»Das geht nicht«, sagte er, während Panik in ihm aufstieg. »Ich meine, wir würden es nicht schaffen.«

»Es ist Viertel nach neun. Vier Stunden für die Hinfahrt, hast du selbst gesagt.«

Sie sah ihn an, mit einem Ernst, aus dem langsam die Zurückhaltung wich. Tage hatte er sich nach diesem Blick gesehnt. Genau so hatte sie ihn angeblickt, nachdem sie sein aufgeräumtes schmales Reich in Augenschein genommen hatte, nachdem sie den Blick über die Bücher im Regal und die in Reih und Glied liegenden Stifte auf dem Glastisch hatte wandern lassen und die Inspektion mit den nüchternen Worten »So sieht's hier also aus« beendet hatte, während er auf seinem Bett hockte, jämmerlich nackt zwischen seinen Sachen, ihrem Urteil ausgeliefert.

Das Auto stand noch immer allein auf dem Parkplatz. Als sie im Schritttempo die Kleingartenkolonie durchquerten, überkam ihn Wehmut, übertrieben und unverständlich, als hätten sie Tage an diesem Ort verbracht. Dann wurde ihm bewusst, dass die Wehmut Beklommenheit vor dem Kommenden war. Im Frühsommer war sein Vater allein im Urlaub gewesen und versuchte seit seiner Rückkehr mit Merten ernste Gespräche über seine Zukunft zu führen, und die Mischung aus Kumpelhaftigkeit und forscher Strenge, gepaart mit einer tiefen Enttäuschung darüber, dass solche Unterredungen überhaupt nötig seien, provozierten Merten zu albernen Reaktionen. Zuletzt hatten sie zusammen in einer Caféteria auf dem Unigelände gesessen, weil Merten behauptet hatte, er würde mittwochs ein Proseminar über den Bauernkrieg besuchen, an dem er in Wirklichkeit nur ein einziges Mal teilgenommen hatte. Sein Vater hatte mit ihm über die Veranstaltung sprechen wollen, Merten hatte nur herumgedruckst, worauf sein Vater einen Vortrag über die wirtschaftliche Konkurrenzsituation zwischen Japan,

China und Südkorea gehalten hatte, den Merten mit ironischen Kommentaren begleitete. Seitdem hatten sie sich nicht mehr gesehen.

Miriam hatte die Füße zum Schneidersitz auf das Polster gezogen und schwieg, während sie an den Fabrikanlagen vorbeifuhren, die am Tag noch maßloser wirkten als in der Nacht. Als er sie ansah, legte sie ihre Hand auf sein Bein. Lange fiel kein Wort.

»Willst du mir nichts über deine Familie erzählen?«, fragte sie schließlich.

»Doch«, sagte er. »Klar.«

Angestrengt sah er durch die Windschutzscheibe. Die Autobahn war kaum befahren, die Tachonadel zeigte exakt auf Hundertzwanzig.

»Meine Mutter hat als Stewardess gearbeitet. Erst in der Luft, später am Boden. Dann hat sie eine psychologische Ausbildung gemacht. Jetzt ist sie Beraterin bei einer Stiftung in Offenbach. Einmal die Woche fährt sie hin, aber meistens arbeitet sie von zu Hause aus. Leute mit Problemen können sie anrufen.«

»Was für Probleme denn?«

»Alles mögliche. Schulden. Eheprobleme. Drogen. Depressionen.«

»Alles? Deine Mutter ist für alles zuständig?«

»Sie ist nur die erste Anlaufstation, eine Art Kummertante. Sie redet einige Male mit den Leuten. Eigentlich besteht ihre Arbeit darin, herauszubekommen, welcher Spezialist am besten helfen könnte. Wenn sie das weiß, vermittelt sie den Anrufer weiter.«

»Und dein Vater?«, fragte Miriam.

»Mein Vater war Pilot. Dann musste er aufhören. Gesundheitsbedingt. Inzwischen hat er an der Börse ein kleines Vermögen gemacht, das behauptet zumindest meine Mutter. Und gerade sucht er ein Grundstück, weil er eine Segelflugschule eröffnen will.« Für einen Moment hatte er den Impuls gehabt, eine Geschichte zu erzählen, aber selbst die Wahrheit fühlte sich wie eine Lüge an.

Miriam wölbte die Lippen vor.

»Pilot, ja? Und du hast schon als Halbwüchsiger an Safaris in Afrika teilgenommen und bist First Class um die Welt geflogen.« Sie lächelte ironisch, aber die Art, wie sie die Schultern an der Rückenlehne rieb, verriet ihm, dass ihr die Vorstellung gefiel.

»So ungefähr«, murmelte er.

»Und, hast du Geschwister?«

Er starrte nach vorn, die Augen zusammengekniffen, als würde es regnen. Sie näherten sich einer Raststätte, fuhren daran vorbei, und als der Tramper, der an der Ausfahrt den Daumen hochhielt, schon lange wieder aus seinem Gesichtsfeld verschwunden war, hatte er noch immer nichts gesagt. Er sah das eingefallene Gesicht seines Vaters. An einem Frühlingstag vor vier Jahren hatte er während Mertens Training überraschend am Spielfeldrand gestanden, nicht gegrüßt, wortlos hatte er dagestanden und gewartet, bis Merten das Spiel unterbrach und über den Aschenplatz zu ihm trabte. Mit brüchiger Stimme hatte er ihm mitgeteilt, dass Jakob tot sei.

»Oder bist du eines von diesen verwöhnten Einzelkindern?« Sie drückte ihre Fingerspitze in seinen Oberschenkel. Er war dem Volvo vor ihnen bis auf zwei Meter nahegekommen, seit geraumer Zeit machte der Fahrer wütende Gesten in den Rückspiegel, die er zwar unscharf wahrgenommen, aber nicht auf sich bezogen hatte. Er wartete, bis sie den nächsten Lastwagen überholt hatten, wechselte die Spur und ging vom Gas.

»Nein. Keine Geschwister. Einzelkind. Leider. Und du?«

»Einzelkind.« Sie lächelte bedauernd, dann angelte sie die Wasserflasche aus dem Fußraum, schraubte sie auf und hielt sie Merten hin, während sein Herz so heftig schlug, dass er fürchtete, Miriam könnte es hören.

Eine natürliche Schale, in der die Stille von Jahrhunderten hängt, dachte Lothar. Glücksschauer jagten seinen Rücken hinunter, als er die Hand auf den feuchten, harten Boden legte. Mein Grundstück, dachte er. Der Blick ging ins Tal, über Felder mit Apfelbäumen und die entfernte Bundesstraße, auf der vereinzelte Autos in der Morgensonne blinkten. Bis auf wilde Kirschbäume, Pappeln und einige Birkenschonungen gab es auf der Wiese kaum Baumbestand, doch da sich die Bäume an den sanft ansteigenden Rändern drängten, ergab sich der Eindruck eines Beckens, das ihn an eine Hochebene auf einer griechischen Insel erinnerte, eine kaum bewachsene Ebene aus rissiger Erde, von verwachsenen Olivenbäumen eingefasst. Das Becken hier sammelte eine ähnliche Ruhe, kraftvoll und besänftigend, und falls er Peter Gründberg von einem Verkauf überzeugen konnte, reichten drei behutsame Eingriffe, um diesen Ort in einen Segelflugplatz zu verwandeln. Neben die Birken würde er eine flache, hölzerne Halle setzen, so dezent, dass sie von Weitem nicht zu erkennen wäre. Dort, wo die Wiese in kaum bewachsenes Feld überging, stünde ein Starterhäuschen. Und eine Winde am unteren Ende würde die Flugzeuge innerhalb weniger Sekunden in den Himmel katapultieren. Bei der Vorstellung, im Morgengrauen den Doppelsitzer aus dem Hangar zu schieben, begann es in seinen Fingern zu ziehen. Er holte aus der Innentasche des Jacketts den Zettel, auf dem er die Höhe seines Angebotes notiert hatte – doch während er ihn betrachtete, schweiften seine Gedanken wieder zu Ruth. Sie hatte gestern ein seltsames Heft aus dem Wald mitgebracht und es in der Küche verbrannt. Sie hatte auch wieder angefangen, ihn aus den Augenwinkeln argwöhnisch zu beobachten, und wahrscheinlich schrieb sie wieder Briefe an Jakob. Vor einigen Tagen hatte sie in ihrem Arbeitszimmer über einem Briefbogen gesessen und erschrocken den Kopf gewandt, als er an der angelehnten Tür vorbeikam. Bei der Erinnerung zog ein kalter Nebel durch seine Brust, der sich erst wieder auflöste, als Lothar sich auf die Ziffern des Angebotes konzentrierte. Das Klopfen eines Dieselmotors schreckte ihn auf. Lothar steckte den Zettel ein, erhob sich und ging auf den weinroten Passat zu, der neben seinem Wagen hielt.

Peter Gründberg war ein Mann von Anfang fünfzig mit schütter werdendem Haar, der jüngste der Gründberg-Brüder, der nach dem Tod des alten Gründberg dessen Firma für die Fertigung von Kunststoffteilen übernommen hatte. Lothar war ihm bisher nur einmal begegnet, nachdem er das Grundstück erst mit den beiden älteren Brüdern besichtigt hatte und Peter Gründberg später in einem Gasthof zu ihnen gestoßen war. Niemand hatte es aussprechen müssen – aus Peter Gründbergs schlecht gelauntem Schweigen war unmissverständlich hervorgegangen, dass er im Gegensatz zu seinen Brüdern keineswegs vorhatte, sich von dem Grundstück zu trennen. Warum sie ein »Zu verkaufen«-

Schild an den Rand der Landstraße stellten, wenn sie sich nicht einig wären, hatte Lothar verärgert gefragt, nachdem Peter Gründberg die Runde überraschend wieder verlassen hatte. »Weil wir die Hoffnung nicht aufgeben«, hatte der Älteste, ein Anwalt aus Darmstadt, mit Lothar zutiefst unsympathischem Lächeln geantwortet, durch die winzigen Gläser seiner Designerbrille geblinzelt und unsichtbare Flusen von seinem Hosenbein gezupft. »Wenn Sie vielleicht allein mit ihm sprechen wollen?« Das hatte Lothar getan. Er hatte Peter Gründberg auf seinem Mobiltelefon angerufen, sich in einem kurzen Gespräch mit ihm verabredet und sich während der einstündigen Fahrt hierher auf ein zähes Verhandlungsgespräch eingestellt.

Gründberg kam mit großen Schritten auf ihn zu. Er trug ein kurzärmeliges, gemustertes Hemd und eine beige Cordhose – und zu Lothars Überraschung lag ein gut gelaunter Ausdruck auf seinem Gesicht.

»Entschuldigen Sie die Verspätung. Ich habe meine Tochter zum Reiten gebracht. Sie ist am Morgen immer so aufgeregt, dass sie ihre Sachen nicht findet.«

»Voltigieren?«, fragte Lothar.

»Voltigieren? Was denken Sie denn? Wir sind hier auf dem Land!«

Sie schüttelten sich die Hand. Gründberg schnaufte leicht, seine Gesichtshaut war von einem gesunden Rosa und seine braunen Augen funkelten; von ihren Winkeln liefen zahlreiche Falten aus. »Ich hoffe, Sie haben nicht lange gewartet.«

Lothar winkte ab und sagte, während er über die Wiesen und trockenen Flächen schaute:

»Sie haben hier einen schönen Flecken Erde.«

»Das finde ich auch.« Sie standen schweigend nebeneinander und ließen den Blick über das Gelände schweifen. Als Grünbergs Atem sich beruhigt hatte, zog ein erwartungsfroher Ausdruck seinen Mund in die Breite, als läge es an Lothar, sich zu erklären. Doch da auch Lothar abwartete, begannen sie gemächlich durchs Gras zu flanieren. Als er mit den drei Brüdern am geölten Eichentisch des Gasthofs gesessen hatte, hatte Peter Gründberg verstockt und erschöpft gewirkt, sein rundes Gesicht hatte wächsern geschimmert, als hätte er mit Unmengen von Kaffee gegen notorischen Schlafmangel gekämpft – was Lothar sich mit der Last seiner neuen Rolle als Nachfolger des Vaters erklärt hatte. Doch jetzt war von Überforderung und Zerknirschung nichts zu spüren, Gründberg schritt in seinen verwitterten Allwetterstiefeln bedächtig durchs Gras und strahlte die Selbstsicherheit eines Unternehmers aus, der seit Langem an den Umgang mit Mitarbeitern gewöhnt ist.

»Ihre Firma liegt gar nicht weit entfernt, habe ich gehört«, sagte Lothar schließlich.

»Zwanzig Kilometer nach Osten ungefähr«, sagte Gründberg und machte eine Bewegung mit dem Kopf.

»Sie fertigen Kunststoffteile?«

»Unter anderem. Hohlkörper zwischen 0,5 und 5000 Milliliter Fassungsvermögen. Form nach Kundenwunsch. Im Moment produzieren wir Ballons für die pränatale Chirurgie. Winzige Teile.« Er hielt Daumen und Zeigefinger so aneinander, dass kaum Zwischenraum mehr blieb. Sie erreichten einen Busch, dessen Halme wie die Stacheln eines monströsen Igels in die Luft standen, und obwohl Lothar vorgehabt hatte, Gründberg von hier aus im weiten Bogen zur Fläche zurückzulotsen, auf der die Autos standen, ging er jetzt tiefer in die Wiese hinein. Mit Befriedigung hatte er wieder festgestellt, dass der Boden unter seinen Füßen eben und ohne Steine war.

»Was hat Ihr Vater hier eigentlich angebaut?«, fragte er, als Gründberg stehen blieb, um sich mit dem Handrücken den Schweiß von der Schläfe zu wischen.

»Sie meinen, was hier all die Jahre war? Gar nichts. Ursprünglich wollte mein Vater Wein anbauen.«

»Wein?«

»Absurd, nicht wahr?« Gründberg stand wie verwachsen mit dem Boden. »Das war sein Traum: Neben der Arbeit in der Firma hätte er gern Wein angebaut. Aber hier wächst natürlich kein Wein. Zu weit im Osten. Das Klima ist rauer als an der Bergstraße. Aber was anderes kam nicht infrage. Und verkaufen wollte er auch nicht. Hin und wieder hat jemand die Wiesen gemäht. Aber sonst? Meine Brüder hat diese Sturheit verrückt gemacht«, sagte Gründberg.

»Und Sie wollen auch nicht verkaufen?«

Augenblicklich machte die Zufriedenheit auf Gründbergs Gesicht Herausforderung Platz.

»Das kommt drauf an«, sagte er amüsiert. Lothar war irritiert von der Offenheit, mit der Gründberg zu verstehen gab, dass es nicht um Geld, sondern um etwas anderes ging. Er musste an das Gespräch im fünften Stock eines Glasbaus mit Blick auf den Frankfurter Stadtwald denken. Am Ende der demütigenden Prozedur hatte das jüngste Mitglied der Kommission, mit dem er vor Jahren als Copilot einige Male in den Vorderen Orient geflogen war, gönnerhaft gesagt:

»Ihre Qualitäten stehen doch außer Frage.« Selbst jetzt stieg noch Wut in Lothar hoch, während Gründberg ihn anblickte und sich am verschwommenen Rand seiner Wahrnehmung die gelben Blätter einer Blume wiegten.

»Was soll ich sagen? Sie wissen, was ich vorhabe. Ein paar Segelflugzeuge unterstellen und ihnen die Möglichkeit geben, in die Luft zu steigen.«

»Ich weiß«, sagte Gründberg und ließ, plötzlich wieder ernst, den Blick über das Gelände schweifen. »Das heißt, Sie wollen Flugzeughallen und Werkstätten, Parkplätze und ein Restaurant mit Panoramablick bauen.« Er sah Lothar an und gleich wieder weg. Lothar bückte sich, weil er auf einen Stein getreten war, hob den handtellergroßen Kiesel auf, rieb ihn blank und ließ ihn unter Gründbergs Blick in seiner Jacketttasche verschwinden. Dann wies er zum westlichen Ende des Grundstücks.

»Sehen Sie diese Schonung dort hinten? Daneben würde das einzige Gebäude stehen, eine flache hölzerne Halle, in der nicht mehr als drei Segler Platz hätten. Ansonsten benötigt man ein Starterhäuschen und eine Winde – das heißt einen VW-Bus und einen Anhänger. Beides würde zum Ende jedes Flugwochenendes wieder verschwinden.«

»Mehr nicht?«

Lothar hielt seine leeren Händen hoch.

»Keine Panoramaterrasse, keine Motorflugzeuge. Nur geräuschlose Starts über die Winde.«

Gründberg hob den Blick und maß den weiten Raum über der Wiese, skeptisch, als nähme er die Luft zum ersten Mal als Gegenstand wahr.

»In welche Richtung würde man starten?«

»Das hängt vom Wind ab. Meistens in diese.«

Lothar schaute zum Tal, wartete, die Hände tief in den Taschen seiner Anzughose. Dann fragte er: »Haben Sie schon mal in einem Segelflugzeug gesessen?«

Gründberg schüttelte den Kopf. »Nie auf die Idee gekommen. Obwohl einer meiner Ingenieure jede freie Minute auf dem Flugplatz in Heppenheim verbringt.«

Schweigend gingen sie weiter. Der Himmel über ihnen war strahlend blau, nur ein paar einladende Kumuluswolken hingen am Horizont. Es ging ein leichter Wind, der die Hitze erträglich machte.

»Soll ich es Ihnen zeigen? Ich meine jetzt. Wenn Sie einen Bekannten in Heppenheim haben, wäre das sicher kein Problem.«

»Jetzt?« Gründberg lachte auf. »Nein, sicher nicht«, sagte er, doch nach einigen Schritten blieb er stehen. Sie befanden sich ungefähr an der Stelle, an der die Flugzeuge abheben würden, dort, wo der Bewuchs dünn war und nackte Stellen aufwies. Er sah Gründbergs breiten Rücken, sein schütteres Haar, das am Hinterkopf einen sonnengebräunten Kreis freiließ. Als Gründberg sich umwandte, ein breites Lächeln im Gesicht, traf Lothar der Sog der Höhe wie eine lange vergessene Erinnerung. Seit über einem Jahr war er nicht mehr geflogen.

Gründberg fuhr vor, und während sie bewaldete Hänge passierten, wählte Lothar die Mobilfunknummer seiner Frau. Er war mit Ruth und Merten zum Mittagessen verabredet, zu dem er nur nach Ruths mehrmaligem Bitten zugesagt hatte, denn seit geraumer Zeit gab Merten deutlich zu verstehen, dass er auf die Meinung und Anwesenheit seines Vaters keinen Wert legte. Seit er im Café sein eigenes Geld verdiente, verbat er sich nicht nur jegliche finanzielle Unterstützung, sondern auch jede Frage nach seiner Zukunft. Ein Jahr wohnte er schon in diesem Zimmer, und noch immer hatte ihn Lothar nicht besucht. Wenn er anrief, weil er in der Nähe war, behauptete Merten, er habe keine Zeit – oder er ging gar nicht erst an den Apparat. Die Mailbox sprang an. Er lauschte auf Ruths Stimme und sagte nach dem Signalton: »Du wirst es kaum glauben. Ich bin auf dem Weg nach Heppenheim. Zum Segelflugplatz. Gründberg will fliegen. Jetzt. Hör mal, ich schaffe es leider nicht vor halb zwei. Tut mir leid. Alles Weitere, wenn ich wieder da bin.«

Der Platz erstreckte sich im Süden der Stadt parallel zur Autobahn. Einige Autos standen auf der Brache, die als Parkplatz diente. Als er ausgestiegen war, entdeckte Lothar ein Flugzeug, das unter einer Wolke kreiste. Gründberg trat schweigend neben ihn und schaute in die Luft. Dann drehte er sich ab und ging zu dem Bauwagen auf dem Feld, ungefähr zehn Männer saßen auf Plastikstühlen daneben.

Gründbergs Ingenieur, ein hagerer Mann um die sechzig, der sich auf die Bitte seines Chefs gleich ins Auto gesetzt hatte, kam ihnen hocherfreut entgegen. Überschwänglich schüttelte er Gründberg und ihm die Hand, fragte nicht, wann Lothar das letzte Mal geflogen war, wollte nicht einmal seine Lizenz sehen, und noch während er ihnen eröffnete, dass die »Kollegen aus Darmstadt« sie als Nächstes an die Winde ließen, vernahm Lothar das vertraute Rauschen hinter sich. Er bekam gerade noch mit, wie ein Flugzeug mit leisem Rumpeln aufsetzte und kurz darauf nicht weit entfernt zum Stehen kam. Rote Spitze, altmodische Kennungsschrift – wie immer, wenn Lothar einen Segelflieger so sah, hilflos auf die empfindliche Spitze einer Fläche gestützt, überkam ihn Rührung. Auch bei Gründberg musste der Anblick etwas ausgelöst haben. Er trat von einem Bein aufs andere und zog skeptisch die Brauen zusammen. Im Sonnenlicht funkelnd klappte die Haube auf. Der Pilot stemmte sich hoch und half einer jungen Frau aus der Maschine. Die beiden bestiegen den Schleppwagen, der das Flugzeug zurück zum Startplatz zog. Wie oft war er mit Jakob auf der Rückbank eines solchen Gefährts über kurz geschorene Pisten gerollt, nach einer Exkursion in den Harz oder einem Rundflug bis nach Eisenach.

»Na, zu viel versprochen?«, rief Gründbergs Mitarbeiter.

»Nein«, rief die junge Frau begeistert zurück. Der Pilot sprang vom Wagen und lächelte still. Er war höchstens zwanzig, stellte aber die Gelassenheit des Routiniers zur Schau. Und jetzt, als das Flugzeug vor ihnen stand, schüttelte Lothar den Zustand des Unbeteiligtseins vollends ab, gegen den er sich gewehrt hatte, seit sie das Gelände betreten hatten. Seine Hände schlossen sich zur Faust und öffneten sich wieder – für die wunderbaren, immer gleichen, seinen Atem verlangsamenden Handgriffe der Startvorbereitung. Er half Gründberg mit dem Fallschirm, bog das Mikrofon zurecht und ließ sich in den Sitz rutschen. Als auch Gründberg angeschnallt war, verriegelte er die Haube, prüfte Ruder und Bremsklappen und erklärte ihm, auf welchem Instrument er ablesen konnte, wie stark das Flugzeug stieg oder fiel. Als das Startseil angebracht war, blickte Lothar noch einmal nach draußen, zu den jungen Männern, die sich leise unterhielten, ohne sie zu beachten. Früher hatte er sich unter diesen Belagerern, die den Startplatz besetzten wie die Theke einer Kneipe, wohlgefühlt; inzwischen war ihm die Selbstgefälligkeit, mit der man sich als Gemeinschaft der Eingeweihten verstand, unerträglich. Er nickte, ihr Helfer hob den Arm, worauf der Windenfahrer am Ende der Piste das Seil straffte. Im nächsten Moment zog die Winde an, sie glitten über die südhessische Ebene, hoben schon wenige Augenblicke später ab und schossen mit hundert Stundenkilometern in den Himmel. Er zog das Höhenruder kraftvoll zu sich heran, heftete den Blick auf den Fahrtenmesser, während sein Körper von der Wucht der Beschleunigung in den Sitz gepresst wurde. Wiesen, Autobahn, ein Krankenhaus huschten unter ihnen dahin, entfernten sich, wurden immer kleiner; Gründberg, der seit dem Einstieg angstvoll geschwiegen hatte, entfuhr während des steilen Steigflugs ein zischendes Geräusch. Als von unten der Horizont wieder auftauchte, eine feine Linie, an der das gesprenkelte Grün der Rheinebene in diesigen Himmel überging, klinkte Lothar aus und musste gegenhalten, weil der Seitenwind von unten an die zitternde Fläche klopfte. Mit leisem Rauschen fuhr Wind über die Rundungen, ein Schwanken und Rucken, ein kurzer Kampf mit den Luftmassen, dann schmiegten sich die Glasfaserflächen der Strömung an, und mit einem scharfen Saugen wurden sie in engem Bogen nach links getragen. Lautlos explodierte die Begeisterung in ihm, setzte seine Glieder unter Spannung, bis in die Spitze seiner Finger am gummierten Griff des Steuers floss das Kribbeln. Die Zeit ohne Arbeit, die dunklen Monate, in denen er das Haus fast ausschließlich für die Gartenarbeit verlassen hatte, Ruths rätselhaft abwesender Gesichtsausdruck, der ihm während des Vormittags immer wieder quälend vor Augen gestanden hatte – alles war verschwunden. Ich habe nie etwas anderes getan, als Menschen durch die Luft zu tragen, dachte Lothar, während sich unter ihnen die mittelalterlichen Häuser und Gassen Heppenheims in den Hang drückten.

Das zermürbende Warten auf den richtigen Moment – Ruth war froh, dass diese Zeit nun zu Ende ging. Sie saß am Fenster, allein mit dem Rauschen der Klimaanlage, und beobachtete drei junge Männer, die eine phosphorgrüne Frisbeescheibe über dem Opernplatz schweben ließen. Sie standen in einem Dreieck um den Brunnen herum und versuchten, die Scheibe durch die Fontäne hindurch auf die andere Seite zu schleudern, was nur gelang, wenn sie den Strahl in der Höhe trafen, dort, wo sein Druck abnahm und er zerfaserte. Meist riss das Wasser das Frisbee aus der Bahn oder schleuderte es wie eine harte Fläche zurück; trudelnd fiel es ins Becken, aus dem es der Werfer unter dem Johlen der anderen wieder herausfischen musste. Die Jeans der drei waren bis zu den Oberschenkeln nass.

»Vier bitte«, sagte Ruth, als eine Kellnerin Speisekarten brachte, dann schaute sie wieder nach draußen.

Der Entschluss, ihn zu besuchen, war plötzlich da gewesen, Anfang Mai, als Lothar die Lust am Spekulieren schon wieder verloren hatte und stundenlang vor dem dunklen Bildschirm in seinem Arbeitszimmer saß. Ruth hatte diesen Schritt vorher nie in Erwägung gezogen, weder kurz nach Jakobs Tod noch später, auf einem der Seminare oder während eines Beratungsgesprächs, in deren zähen Pausen ihr manchmal die absurdesten Dinge durch den Kopf gingen. Sie waren nicht einmal zur Verhandlung gegangen – wie hätte sie auf den Gedanken kommen sollen, den Mann im Gefängnis zu besuchen, der ihren Sohn erstochen hatte.

Doch dann, eines nachts Anfang Mai, war sie aufgewacht, weil ein Gewicht auf ihren Brustkorb drückte und sie mit solcher Wucht in die Matratze presste, dass sie kaum Luft bekam. Ans Bett gefesselt lag sie da, flach atmend, während Lothar neben ihr schlummerte. Kinn, Nase, Ohren tauchten auf, Einzelheiten, die sich nicht zu einem Gesicht fügen wollten. Die Haut schimmerte matt wie auf einer Phantomzeichnung, ausdruckslos lagen die Augen in den Höhlen. Links klaffte ein dunkles Loch, als sei die Wange verkohlt oder von einer Krankheit zerfressen. Sie zwang sich, hinzusehen, starrte auf die wächsernen Details ihres Hirngespinsts, doch der Druck nahm nicht ab. Erst als sie nachgab, erst als sie »Ich muss ihn sehen« dachte, zog die Faust sich zurück. Vor Erleichterung hätte sie fast aufgeschluchzt. Lange hatte sie danach ihren schlafenden Mann betrachtet.

Sie sprach mit niemandem über ihr Vorhaben, fand die Telefonnummer der Justizvollzugsanstalt heraus, rief dort an und ließ sich von einem Mann erklären, dass der Besuch eines Inhaftierten nur möglich sei, wenn der Gefangene einen Antrag stellte. Nach tagelangem Zögern schrieb sie ihm in wenigen Sätzen von ihrem Wunsch, ihn zu sehen.

Lothar fiel nicht auf, dass sie jeden Tag, bevor der Postbote kam, in der Küche hantierte, am Esszimmertisch in Katalogen blätterte oder Überweisungen ausfüllte, so dass sie mit zwei Schritten im Windfang stehen und Sekunden nachdem die Umschläge in den Kasten fielen die Klappe öffnen konnte. An dem Vormittag, als sie seinen ersten Brief in Händen hielt, war aus Lothars Antriebslosigkeit schon wieder Euphorie geworden. Sie hörte ihn vom Schreibtisch aus in seinem weltmännischen Englisch mit jemandem sprechen. »Ein Zimmer mit Blick. Der Blick ist das Wichtigste«, sagte Lothar, während sie mit rasendem Herzen ihren Namen las, der in dunkelblauen Lettern auf das Kuvert gemalt war. Der Anblick seiner ungelenken Handschrift erschreckte sie so sehr, dass sie aufgewühlt das Haus verließ und sich erst auf einem Spaziergang um die Kiesgrube wieder beruhigte. Als sie zurückkam, war es still. »Bin in der Stadt: Wanderstiefel!« stand auf einem Zettel in der Küche.

Die Klebelasche des Umschlags sprang fast von allein auf. Sie las die wenigen, auf einem Computer geschriebenen Sätze immer wieder. Beim Abendessen saß sie aufrecht am Tisch, gläsern und zerbrechlich, fürchtete, dass Lothar ihr etwas ansehen müsste, doch er sprach begeistert von der Insel, die er sich ausgesucht hatte und auf der zu dieser Zeit kaum Touristen wären.

»Wie lange bleibst du denn?«, fragte sie.

»Zwei Wochen. Vielleicht auch länger.« Er schaute sie an, die Gabel mit der aufgespießten Cocktailtomate in der Luft. »Wenn du nichts dagegen hast.«

Sie lächelte.

»Natürlich nicht.«

Als Lothar einen Monat später aus der Gepäckhalle trat, das Gesicht tief gebräunt und von einem inneren Leuchten belebt, wusste sie noch immer nicht, wie sie mit ihm darüber reden sollte. Sie hatte sich Zeit mit dem zweiten Brief gelassen, mehrere Versuche abgebrochen, weil der richtige Ton sich nicht einstellen wollte. Schließlich hatte sie in drei kurzen Kugelschreibersätzen einen Termin Ende August vorgeschlagen, den Brief in der Schreibtischschublade deponiert und ihn kurz vor Lothars Rückkehr abgeschickt. Erst als einige Wochen darauf schließlich die zweite Antwort kam – Lothar durchforstete mit ausdauernder Verbissenheit die Angebote von Onlinemaklern, weil er sich vorgenommen hatte, eine Segelflugschule zu eröffnen, erst da wusste sie, dass sie das, was sie zu sagen hatte, ihrem Mann und ihrem Sohn gemeinsam mitteilen wollte. Und nicht einmal die Tatsache, dass Merten seine Freundin mitbrachte, konnte daran etwas ändern.

Als sie Merten nun entdeckte, Hand in Hand mit einer wesentlich kleineren, dunkelblonden Frau auf dem schattigen Streifen zwischen der Oper und den Altbauten, klopfte ihr das Herz mit schnellen, harten Schlägen gegen den Brustkorb. Vor Erstaunen blickte sie auf ihre Fingernägel, doch auch als sie den Blick wieder hob, hatte sich der Eindruck nicht verändert: Sie hatte ihren Sohn noch nie so gesehen. Alles Linkische war von ihm gefallen, und er schritt neben dieser Frau, als sei sich jede Faser seines Körpers ihrer Kostbarkeit bewusst. Der Rücken, den er wegen seiner Größe oft krümmte, war gestreckt, seine Schultern hingen entspannt. Er redete, er gestikulierte, und die Frau lächelte, als spazierten sie noch immer an der Nordsee entlang. Als die beiden das Restaurant erreichten, schauten sie suchend über die Terrassentische und bemerkten Ruth erst, nachdem sie mehrmals mit der Messerspitze gegen die Fensterscheibe geklopft hatte. Eine Spur Verunsicherung schlich sich in Mertens Blick, Verunsicherung und Stolz. Den Arm fest um die Schultern seiner Freundin gelegt, wartete er darauf, dass eine Kellnerin ihnen den Weg ins Innere frei gab.

»Ich hoffe, ihr habt nichts dagegen, dass wir drinnen sitzen«, sagte Ruth, während sie der Frau die Hand entgegenstreckte. Sie war älter als ihr Sohn, fünf Jahre vielleicht, und hatte nichts mit den eher transusigen Mädchen gemein, die früher in ihrer Küche herumgelungert oder im Garten ein Sonnenbad genommen hatten, verschmierte Reste von Kajal unter den Lidern. Sie war eine schöne Frau mit wachen grünen Augen, hohen Wangenknochen und ungeschminktem, zur Begrüßung breit lächelndem Mund. Die verwirrende Zeit der Berufsfindung, durch die Merten sich gerade kämpfte, lag eindeutig hinter ihr – die Ausstrahlung ließ auf jahrelange Berufstätigkeit schließen.

»Kein Problem. Wir hatten schon genug Sonne.« Eine kleine, warme Hand schloss sich um ihre, drückte zu und ließ sie wieder los, während zwei Augen strahlten, als wollte sie alle Bedenken in der Mutter ihres jungen Freundes mit dem ersten Blick verbrennen. Merten stand mit hochgezogenen Brauen zwischen ihnen.

»Das ist meine Mutter. Mama, das ist Miriam.«

»Sehr erfreut«, sagte Miriam und neigte so vollendet den Kopf, dass die angedeutete Verbeugung auch die Aufforderung enthielt, Distanz zu wahren.

»Schön, Sie kennenzulernen«, antwortete Ruth. Merten küsste sie auf die Wangen, wobei ein Lächeln über seine Züge wanderte, und schob einen Stuhl für Miriam zurück.

»Eine große Flasche Mineralwasser«, sagte er, noch bevor die Kellnerin gefragt hatte. »Und, Papa mal wieder nicht da?«

»Er ist im Odenwald. Er müsste jeden Moment hier sein.«

»Mein Vater sucht nämlich ein Grundstück für einen Segelflugplatz«, sagte er zu Miriam gewandt.

»Ich weiß. Das hast du mir auf der Fahrt erzählt.«

Dankbar nahm Ruth den Faden auf.

»Es tut mir leid, dass ich euren Ausflug unterbrochen habe.« Sie sah Miriam an. »Sie müssen hundemüde sein.«

»Ach nein. Wir haben uns abgewechselt, jeder konnte ein bisschen schlafen. Kurztrips sind eben kurz.« Sie zuckte mit den Schultern. Dann schlug sie ein Bein übers andere und klemmte beide Hände zwischen die Oberschenkel, als würde sie frieren.

»Wo wart ihr eigentlich genau?«

»In der Nähe von Rotterdam«, sagte Merten.

»Direkt gegenüber vom riesigen Hafen«, ergänzte Miriam und richtete sich wieder auf.

Die Frau wurde Ruth immer sympathischer, eine schalkhafte Ungezwungenheit ging von ihr aus, und mit unaufdringlicher Aufmerksamkeit blickte sie Ruth an, während Merten, wie Ruth besorgt registrierte, in sich zusammengefallen war, als habe schon die Begrüßung all sein kommunikatives Vermögen aufgebraucht. Aus zusammengekniffenen Augen stierte er in den hinteren Bereich des Restaurants, wo es nichts als unbesetzte Tische gab. An der Schulternaht seines Polo-Hemdes entdeckte Ruth einen zentimeterkurzen Halm. Sie lächelte Miriam an, dann öffnete sie die Karte und vertiefte sich in das Blatt mit den Tagesangeboten.

»Ihr habt euch aber gut versteckt.« Lothar stand im grauen Sommeranzug am Tisch, die Hände im Rücken verschränkt. Als sie seinen Blick sah, wusste sie, dass das Grundstück ihm gehörte.

»Was hast du mit deinem Gesicht gemacht?«, fragte sie, weil seine Haut auf Stirn, Nase und Wangen krebsrot war.

»Wir hatten keine Sonnenhüte dabei.«

»Hat es sich wenigstens gelohnt?«, wollte Merten wissen.

»Allerdings, mein Sohn. Allerdings.«

Lothar beugte sich über den Tisch und gab Miriam die Hand, wobei Ruth den riesigen Schweißfleck sah, der sich von der Achsel bis zur Brust durch den weißen Stoff seines Hemdes gefressen hatte.

»Das ist Miriam«, sagte sie, weil Merten offenbar die Geistesgegenwart dazu fehlte. Miriam neigte den Kopf.

»Guten Tag, Herr Wilber.«

»Guten Tag. Was für eine Überraschung. Ich wusste nicht ...«

Lothar setzte sich, und während er unter dem Tisch die Beine ausstreckte, sagte er zu Merten:

»Schön, dich mal wieder zu sehen.«

Merten nickte nur und presste die Lippen aufeinander, seine Finger trommelten auf die Tischdecke. Mit spöttischem Lächeln ließ Lothar den Blick zwischen Merten und Miriam hin und her wandern.

»Die beiden haben gestern Nacht einen spontanen Ausflug an die holländische Küste gemacht. Nach der Arbeit.

Und sind eben erst zurückgekommen«, sagte Ruth. Merten sah sie an, als hätte sie ein Geheimnis verraten.

»Ihr seid heute Morgen noch am Meer gewesen?«, fragte Lothar in einer Mischung aus gespieltem Unglauben und Anerkennung.

»Ja«, murmelte Merten. Miriam drehte ihr Glas zwischen den Fingern. Rote Flecken leuchteten an ihrem Hals.

»Vielleicht sollten wir zuerst bestellen«, sagte Ruth und beugte sich ein zweites Mal über die Karte. Als sie unter dem Tisch an Lothars Oberschenkel stieß, durchfuhr sie ein leichter Strom. »Ich dachte, der jüngste Gründberg will partout nicht verkaufen?«, fragte sie, nachdem die Kellnerin sie von den voluminösen Karten befreit hatte.

»Doch«, sagte Lothar. »Mir schon. Ich habe ihn gefragt, ob er es nicht mal probieren wolle: Segelfliegen. Und als wir von Heppenheim gestartet sind, war er hin und weg.«

»Das freut mich«, sagte Ruth. Sie wusste nicht, wann Lothar das letzte Mal geflogen war – seit Jakobs Tod segelte er unregelmäßig, brachte es gerade auf die Anzahl notwendiger Starts, die eine Nachschulung unnötig machten.

»Herzlichen Glückwunsch«, sagte Merten.

Doch Lothar schüttelte den Kopf, als hätte er nicht zugehört:

»Wir sind zufällig über das Dorf geflogen, in dem er aufgewachsen ist. ›Rimbach. Das ist Rimbach. Unglaublich‹, hat er gerufen. Ich hatte natürlich gehofft, dass es ihm gefallen würde. Aber der gute Mann war so begeistert, dass er noch in der Luft alles klären wollte. Mit Handschlag, alles unter Dach und Fach.«

Erleichtert bemerkte Ruth, dass die Rötungen an Miriams Hals verschwunden waren. Neugierig war sie Lothars Rede gefolgt.

»Also.« Ruth hatte allen Wasser eingegossen und hob ihr Glas. »Auf deinen Segelflugplatz.« Sie stießen an. Danach herrschte Stille, in der das leise Quietschen der Gummisohlenschritte hinter ihnen zu hören war. Lothar fuhr mit beiden Händen die Kante des Tischtuchs entlang.

»Und, macht ihr so etwas öfter? Spontan ans Meer fahren?«

»Es war nur ein Ausflug …«, sagte Merten.

»Aber ein schöner«, fiel ihm Miriam ins Wort, die sich aufgerichtet hatte und in ihrem Eifer plötzlich wie ein junges Mädchen wirkte. »In dem Restaurant, in dem wir nach der Arbeit gelandet sind, lief ein Lied: ›Morning at the sea‹.« Sie zog entschuldigend die Augenbrauen hoch, was ihr einen melodramatischen Ausdruck verlieh. Und dann erzählte sie von der leeren Autobahn und lachte laut, als sie zur Irrfahrt durch eine Laubenpieperkolonie kam. »Ich dachte schon, wir schaffen es nie ans Wasser. Verloren gegangen in einem Labyrinth aus Gartenzwergen.«

»Das Meer war natürlich eine Enttäuschung«, sagte Merten lapidar. »Nichts als Nebel.«

»Außerdem waren wir todmüde.« Miriam schmierte mit einem Buttermesser Avocadopaste auf eine Scheibe Weißbrot – während Lothar sie eindringlich betrachtete, als suchte er nach der eigentlichen Bedeutung hinter ihren Worten. Riesige Teller mit Lammkoteletts und Schnitzel vom Kräuterschwein wurden serviert, Eisbergsalat und eine Schüssel mit Rosmarinkartoffeln.

»Kommen Sie auch aus Frankfurt?«, fragte Lothar, nachdem er die gestärkte Serviette auseinandergefaltet hatte. Merten säbelte schon an seinem Rumpsteak herum, als hätte er Tage nichts gegessen.

»Braunschweig. Nicht sehr interessant.«

»Aber gute Segelflieger. Belegen regelmäßig einen vorderen Platz in der Bundesliga.«

»Es gibt eine Segelflugbundesliga?«

»Bundesliga. Nationalmannschaft. Das volle Programm.«

Merten kaute, als sei er erleichtert, mit vollem Mund nicht am Gespräch teilnehmen zu müssen. Fahrig verfolgte er, was sich zwischen Miriam und seinem Vater entspann. Ruth ahnte noch immer nicht, ob Miriam von Jakob wusste. Sie hatte ihre Blicke, die Art, wie sie zuhörte und sprach, vom ersten Augenblick auf ein mögliches Wissen befragt, aber Miriams Zugewandtheit, ihre quirlige Präsenz ließen keinerlei Rückschlüsse zu.

»Ich habe mich immer gefragt, wieso ein Segelflugzeug eigentlich fliegt«, sagte sie gerade.

Lothar legte die Gabel zur Seite, um seine Erklärungen mit der Hand unterstreichen zu können, und beschrieb in wenigen Sätzen das Gleichgewicht von Auftriebs- und Gewichtskraft und das Verhältnis von Antrieb und Widerstand, das herrschen muss, damit ein Gegenstand in der Luft bleibt. Als er auf das Phänomen der aufstrebenden Warmluft kam, durch das ein Segler wie ein Raubvogel in die Höhe kreisen könne, nickte Miriam noch immer, aber ihr Blick war glasig, als hätte sie ihn nicht ganz verstanden. Danach herrschte Stille.

»Und du? Fliegst du eigentlich auch?«, fragte Miriam schließlich.

»Nee, nicht meine Sache«, nuschelte Merten, den Mund schon wieder voll. »Hab es als Kind versucht, aber mir wurde jedes Mal schlecht.«

Miriam lächelte Lothar an.

»Ist sicher schwierig, wenn das einzige Kind die Leidenschaft nicht teilt.«

Ruth rutschte die Gabel aus der Hand. Lothar sah Miriam überrascht an, während Merten, den Kopf eingezogen, auf den Tisch starrte, als wollte er darunter verschwinden. Miriam, feuerrote Muster im Dékolleté, rieb hilflos mit der Hand über ihren Oberarm.

»Ich hatte ja viel Zeit, mich daran zu gewöhnen«, sagte Lothar schließlich, mit dünnem Lächeln. Ruth spürte seine Unerbittlichkeit, als säße die Verhärtung in ihrer eigenen Brust. »Wie war es eigentlich bei diesem Fotoprofessor? Hattest du diese Woche nicht einen Termin?«, fragte er.

»Nicht so gut.« Merten sah einem Kellner hinterher, der mit einem Tablett voller Eiskreationen Richtung Terrasse eilte. Sein Gesicht hatte den überheblich abweisenden Ausdruck angenommen, mit dem er früher stundenlang am Esstisch verharrt hatte.

»Nicht so gut?«

»Nein. Er konnte mit meinen Fotos nicht viel anfangen.«

Der Wunsch einzugreifen, etwas Relativierendes zu sagen, brannte in Ruths Kehle, aber sie schwieg.

»Das tut mir leid«, sagte Lothar. Eine unangenehme Stille entstand. »Kennen Sie eigentlich seine Fotos?« Miriam nickte. »Und, gefallen sie Ihnen?«

»Sicher.«

Lothar rieb sich über die Nase.

»Mir gefallen sie eigentlich auch. Obwohl sie natürlich seltsam sind. Ist ja nicht viel drauf zu erkennen, oder?« Eine düstere Wolke hing vor Mertens Stirn. »Aber es kommt gar nicht darauf an, ob die Bilder gut sind«, sagte Lothar leichthin, »sondern ob Merten ein guter Fotograf wäre.«

»Davon gehe ich aus«, sagte Miriam, doch Lothar schüttelte den Kopf.

»Nein, ich habe mich missverständlich ausgedrückt. Ich meinte nicht, ob du ein guter Fotograf wärest, sondern ob das Leben eines Fotografen das Richtige wäre.«

»Ah ja?«, sagte Miriam. »Wie ist das Leben eines Fotografen denn?«

»Passiv, distanziert. Das Leben eines Beobachters«, sagte Lothar kühl.

Die Erinnerung traf Ruth wie ein Schlag. »Jakob stürzt sich ins Getümmel, Merten beobachtet«, war eine von Lothars Bemerkungen gewesen, früher, als beide noch Kinder waren. Auch in Merten musste der Satz einen Sturm der Erinnerung ausgelöst haben. Er sah seinen Vater nicht einmal an.

»Ich dachte, Fotografen sind immer mittendrin und überall dabei?«, fragte Miriam.

Lothar hob beide Hände in die Höhe und legte sie nach einer Weile kompromissbereit auf die Tischdecke.

»Wie man's nimmt.«

In die folgende Stille hinein wollte Ruth endlich sagen, weshalb sie zusammengekommen waren, doch sie konnte nicht. Sie saß an diesem Tisch wie die Zuschauerin eines Geschehens. Sie sah sich von oben, eine Frau Anfang fünfzig, daneben ihr Mann, gegenüber der schlaksige Sohn, in dessen großer Pranke die Hand seiner hübschen Freundin ruhte.

»Entschuldigt mich bitte.« Sie schob ihren Stuhl mit den Waden nach hinten und erhob sich. Lange stand sie im Vorraum der Toilette vor dem Waschbecken, betrachtete im Spiegel ihre mit den Jahren weich gewordenen Züge, während ihr der kalte Wasserstrahl über die Adern floss. Als sie zurückkam, war der Tisch schon abgeräumt, die Rechnung und Lothars Brieftasche lagen auf dem Tisch. Es herrschte beklommenes Schweigen. Kaum hatte sie Platz genommen, stand Merten auf und gleich darauf auch Miriam, mit entschuldigendem Lächeln. Ruth umarmte die junge Frau und sagte »Schön« und noch einmal: »Schön«, ohne zu wissen, warum. Dann sagte sie: »Ich hoffe, auf bald«, während Miriam mehrmals »Danke« und »Hat mich gefreut« flüsterte. Merten stand ungelenk und schüchtern daneben. Lothar verbeugte sich, als er Miriam die Hand reichte, höflich und abwesend. »Merten!«, sagte er und drückte zum Abschied die Schulter seines Sohnes.

Und eine Minute später saß sie mit Lothar allein am Tisch mit den zerknüllten Servietten und den Baguettekrümeln und einem länglichen Soßenfleck dort, wo Merten gesessen hatte.

»Was ist?«, fragte Ruth, als Lothar ihr seine Hand, nach der sie gegriffen hatte, wieder entzog. Er wich ihrem Blick aus. »Wenn es dir nichts ausmacht: Ich möchte noch einmal in den Odenwald. Gründberg wollte mir heute noch einen Rasentraktor besorgen.«

Sie schaute auf den Opernplatz, zur Fontäne über dem Springbrunnen, deren zu Schleiern zerstäubende Strahlen regenbogenfarben schillerten. Ihr war, als triebe sie auf einem Boot langsam vom Ufer eines Flusses fort.

»Nein«, sagte sie. »Natürlich nicht.«

Sie schwiegen verlegen. Die gesprenkelte Haut um Miriams Nase war blass. Hinter sich hörte Merten den rauschenden Springbrunnen und das Kreischen eines Kindes. Als er einen Schritt auf sie zu machen wollte, zuckte sie zusammen, und er blieb, wo er war. Er hoffte, dass sie etwas sagte, aber sie stand nur vor ihm, unnahbar wie heute Morgen am Strand von Ostvoorne.

»Komm«, sagte er. Sie ließ immerhin zu, dass er ihre Hand nahm. Sie gingen im Schatten der Oper, es war so heiß, dass die Luft sich wie eine zähe Masse um seine Glieder schloss. Als sie das Auto in einer Seitenstraße hinter dem Innenstadtring erreichten, wusste er noch immer nicht, wohin er wollte. Miriam schaute während der Fahrt aus dem Seitenfenster, auf die Bäume der Taunusanlage, die getönten Glasfassaden der Bürogebäude, zu den Läden. Er wäre gern zu einem gemeinsamen Ort gefahren, zu einem vertrauten Platz, um mit ihr zu reden, aber sie hatten keinen. Sie kannten die Stadt nur nachts, die immer gleichen Anlaufstellen, die sie nach der Arbeit ansteuerten, die Kellerbars und Clubs, die so spärlich beleuchtet waren, dass alles jenseits ihrer Wahrnehmung im schummrigen Halbdunkel verschwand.

Er folgte der Straße Richtung Norden, dann bog er irgendwo ab, kurvte wahllos durch Gassen und stille Wohnstraßen, bis er wieder auf eine Hauptverkehrsader stieß. Als sie an einer Ampel warteten, stellte er sich vor, Miriam würde die Tür aufstoßen und aus dem Wagen springen, aber sie saß still, die Hände im Schoß zusammengelegt und blickte nach draußen – müde oder gelangweilt oder einfach nur abwesend. Während sie an einer Grünanlage vorbeifuhren, beobachtete er sie aus dem Augenwinkel, suchte nach Worten – dann war es zu spät, die Fahrbahn neben ihm war so dicht, dass er von der Abbiegespur nicht hinüberkam, er wurde langsamer, rollte wie in Zeitlupe rechts in die Kurve.

»Was hast du gesagt?«

»Ich sagte: Du siehst deiner Mutter ähnlich. Augen. Mund. Nase. Deinem Vater überhaupt nicht.«

Miriam sprach mehr zum Fenster als zu ihm, während der Wagen im Schritttempo an einem Friseur und einem Wettbüro vorbeikroch, Passanten überquerten gemächlich die Straße. Er wusste nicht, wo sie waren, hatte die Orientierung verloren, das Auto schien sich ohne sein Zutun zu bewegen. Erst als sie im Wendekreis neben einem Lastwagen mit offener Ladefläche hielten, begriff er, dass die Sackgasse an die nördliche Seite der Konstablerwache grenzte. Er starrte zum Platz, zur erhöhten, von Platanen umstandenen nackten Steinfläche. Es war zu heiß, keine Tauben fütternden alten Damen auf den Bänken, auch von den Jungen, die sonst das Podest für Sprünge und andere Fahrradkunststücke nutzten, war niemand da. Er sah das Gebäude auf der anderen Seite. Nichts hatte sich verändert. Das Jeansgeschäft, daneben die Filiale der Dresdner Bank. Er konnte sogar das pinkfarbene Schild am Eingang der Passage erkennen, dessen Aufschrift er schon Hunderte Male gelesen hatte: »Sofort Bargeld. Gold-Ankauf.«

Miriam blickte ihn fragend an.

Er öffnete die Tür. Sie wartete, bis er ausgestiegen war, bevor auch sie den Gurt löste. Stumm folgte sie ihm über die ungeschützte Ebene. Vor der Bank blieb er stehen, wandte sich nach ihr um, dann drehte er sich wieder zum Schaufenster: auf einem Prospekt die Abbildung eines Bronzebullen mit wütend gesenktem Kopf, neben dem eine Zickzacklinie in die Höhe schoss. Eine junge Mutter schob einen Kinderwagen vorbei. Als ein Mann die lamellenverhängte Glastür öffnete, sah Merten zwei Angestellte an ihren Schreibtischen, der eine telefonierend, der andere gebannt auf einen Bildschirm blickend.

»Schöne Gegend. Suchen wir was Bestimmtes?«

Sie hatte die Hände in die Hüften gestützt, den Kopf ungeduldig zur Seite gelegt. Nur wenige Meter hinter ihr sah Merten die Litfasssäule, auf der ein Plakat für ein Bockenheimer Weinfest warb. Er sah den Fahrradständer, an dessen Fuß seit Jahren ein einsames Schloss befestigt war, nur einen Meter von der Stelle entfernt, an der Jakob gelegen hatte. Schon zwei Wochen nach seinem Tod war nichts Auffälliges mehr zu erkennen gewesen. Die Blumen und die Friedhofskerzen vor dem Metallgestänge, die Fotos und Abschiedsbriefe, die seine Freunde, Lehrer und Mitschüler zwischen die Sträuße gesteckt hatten – alles war nach kürzester Zeit wieder verschwunden gewesen, als wäre nie etwas passiert. Von irgendwoher hörte er das Geräusch eines über Bodenplatten ratternden Skateboards. Zwei Frauen fuhren auf der Rolltreppe unbewegt in den Schatten hinein.

Er dachte an die Blicke, an ihre ängstlichen, schamvollen, neugierigen Blicke. Sie hatten ihn behandelt wie einen Bedürftigen, sie hatten verhaltener gesprochen und sogar anders geatmet, wenn er bei ihnen stand. Nur die Jüngeren kannten keine Hemmungen, glotzten ihn unverhohlen an, als wäre er dabei gewesen, als hätte er selbst den Angriff nur durch ein Wunder überlebt. Bis zu seinem Schulwechsel war er der kleine Bruder geblieben, der kleine Bruder von dem, dessen blutüberströmter Körper in allen Zeitungen zu sehen gewesen war.

Erst als er die winzigen Tröpfchen auf Miriams Oberlippe sah, registrierte er, wie sehr er schwitzte. Das feuchte Hemd klebte ihm an der Brust.

»Was guckst du so?«

»Was?«

»Das nervt«, sagte er. »Dass du immer guckst, als sei ich dir etwas schuldig. Als würdest du mir einen Gefallen tun, wenn wir zusammen sind.« Miriams Gesicht wurde spitz vor Überraschung, dann machte sie auf dem Absatz kehrt und ging Richtung S-Bahn-Eingang. Einen Moment stand er unschlüssig, ließ die Entfernung zwischen ihnen größer werden, dann rannte er hinter ihr her. Als er bei ihr war, legte er ihr die Arme von hinten um die Schultern, presste ihren steifen Oberkörper an sich.

»Lass mich. Du sollst mich loslassen.«

»Es tut mir leid. Es war so furchtbar mit meinen Eltern. Danke, dass du gesagt hast, du würdest meine Fotos kennen. Danke, dass du gelogen hast.«

Sie wehrte sich nicht mehr. Ihre Schultern zitterten. Er ließ sie los, wartete, aber sie drehte sich nicht um. Er drückte seine Nase in ihr Haar, das nach Meer und süßem Schweiß roch.

»Idiot«, sagte sie. »Du Idiot.«

Die Autobahn trug Lothar von der Stadt fort, doch der Ärger glühte weiter in ihm wie ein Stück Kohle. Was war nur mit seinem Sohn los? Keine Studienfachentscheidung, keine Gespräche. Merten war den Dingen schon immer aus dem Weg gegangen – doch die Art seines Ausweichens regte Lothar noch stärker auf als früher, traf ihn wie die plötzliche Berührung an einer überempfindlichen Stelle. Er hatte es genau gesehen: Als klar wurde, dass Miriam nichts von Jakob wusste, stieg Merten die Schamesröte ins Gesicht – doch da war auch etwas anderes in seiner Miene gewesen, kalter Triumph, einen Moment nur, und schon wieder hinter der Miene unbeteiligter Verwirrtheit verschwunden. Vor einigen Wochen hatten sie nahezu schweigend zusammen in einer leeren Mensa gesessen, und jedes Mal, wenn Lothar ein Gespräch begann, zuckten Mertens Gesichtsmuskeln, als wiederholte er Lothars Mimik, als hielte er seinem Vater einen Spiegel vor, dessen Zerrbild Lothar nicht verstand. Hör auf, dir über Mertens Gedanken den Kopf zu zerbrechen, würde Ruth sagen, hör auf, dich zu verbeißen. Auch deshalb war er überstürzt aufgebrochen und hatte Ruth allein im Restaurant zurückgelassen: Er wollte die Rechtfertigungen nicht hören, mit denen sie Mertens Verhalten entschuldigen würde, ihre Beschwichtigungen – »Sie haben sich doch gerade erst kennengelernt« –, unterstrichen von einem Blick, der ihn um Mäßigung und Umsicht bat.

An der nächsten Raststättenausfahrt fuhr er ab. Unter der prallen Sonne trank er – an den Kotflügel seines Wagens gelehnt – in kleinen Schlucken eine Flasche Mineralwasser und beobachtete dabei eine schmutzig graue Taube, die neben einem Mülleimer in Abfällen pickte. Er dachte an einen der Gänge, die in der Tiefe des Flughafens die Parkebenen mit den Decks verbanden – und das Brennen zwischen seinen Rippen ließ endlich nach. In die verschalten Wände dieser Gänge waren verglaste Kästen eingefügt, in denen für Zigaretten, Elektrogeräte oder ferne Reiseländer geworben wurde. Als er noch flog, hatte er manchmal vor diesen Schaukästen gestanden. Allein die Tatsache, dass die Plakate wie exotische Tiere hinter einer Scheibe gehalten wurden, hatte sie zu etwas Besonderem gemacht, zu einem Versprechen. Er stopfte die Flasche in den Müll, stieg ein und fuhr weiter. Die Klimaanlage hielt die Temperatur auf angenehmen neunzehn Grad.

Lothar hatte das Unpersönliche seiner Tätigkeit immer als angenehme Begleiterscheinung des Pilotenlebens empfunden, die automatisierten Handlungsabläufe, die klar definierten Anforderungen, die es ermöglichten, von sich und den anderen abzusehen. Unzählige Male war er um die Welt geflogen, doch selten war er gezwungen gewesen, jemandem näher zu kommen als gewollt. Distanz gehörte zu seiner Arbeit wie die Uniform, und für Distanz sorgte schon die rigide Einsatzplanung: Nach spätestens einer Woche lösten sich die Cockpit-Crews selbst auf der Langstrecke wieder auf, und so fiel es ihm leicht, Abstand zu wahren. Natürlich war er mit seinen Copiloten und der Cabin Crew in Bars oder Restaurants gegangen und hatte Fliegergeschichten und unverfängliche Familienanekdoten in die Gespräche einfließen lassen. Er hatte die gemeinsame Euphorie genossen, wenn in zwei-, drei- oder fünftausend Meter Höhe das diffuse Grau der Wolken aufriss und Sonnenlicht ins Cockpit flutete; er hatte das oberflächliche Zusammengehörigkeitsgefühl und den flapsigen Umgangston gemocht – aber vor allem die Unverbindlichkeit dahinter. Jeder war der Beobachter des anderen geblieben, ein identisch geschulter Partner, der auf die immer gleichen Kommandos mit den immer gleichen Handlungen reagierte.

Es hatte ihn überrascht, als diese professionelle Zurückhaltung von einer Welle aus Mitgefühl weggespült wurde, nachdem sich herumgesprochen hatte, was mit seinem Sohn geschehen war. Kollegen, mit denen er nie zusammen geflogen war, riefen an, um der Familie ihr Beileid auszusprechen. Der Vorstandsvorsitzende persönlich schrieb einen Brief, und die Pilotenvereinigung schickte zur Beisetzung einen Kranz. Es wunderte ihn, dass wildfremde Menschen Anteil nahmen. Und es verwirrte ihn, weil die Bestürzung der anderen größer zu sein schien als seine eigene – jedenfalls in der ersten Zeit, als er von den organisatorischen Anforderungen, den öffentlichen Auftritten und von Ruths Verzweiflung gezwungen wurde, gefasst zu bleiben: auf der Beerdigung, während der Rede des Schuldirektors vor dem Gedenkkonzert oder als Jakobs Kameraden aus dem Segelflugverein sie besuchten, um Ruth und ihm ein Erinnerungsbuch zu überreichen. Lothar war es, der das betreten schweigende Grüppchen ins Wohnzimmer bat, das Geschenk in Empfang nahm und es von der ersten bis zur letzten Seite durchblätterte. Jakob in der Luft oder grimassierend hinter dem Steuerknüppel; Jakob mit Bierglas in der erhobenen Hand, auf einem der Sommerfeste. Er zwang sich, jeden Abschiedswunsch, jedes ungelenke Gedicht zu lesen, nachdem Ruth längst schluchzend das Zimmer verlassen hatte. Er war es auch, der Merten in diesen Wochen zur Schule fuhr, den Hörer abnahm, wenn das Telefon klingelte, den Nachbarn die Tür öffnete, dankend einen Topf mit Suppe oder gefüllte Einkaufstüten entgegennahm und mit gedämpfter Stimme für die Familie sprach. Tagsüber verließ Ruth kaum das Bett, erst bei Sonnenuntergang kam sie barfuß die teppichbezogene Treppe herunter, setzte sich im Bademantel zu ihm, und Lothar zählte auf, was er im Laufe des Tages erledigt hatte. Jakob war nicht mehr da, er war ausgelöscht, es war unmöglich, über ihn zu sprechen. Stattdessen Berichte darüber, wer Unterstützung angeboten und was die Frau aus dem Lebensmittelladen ihm mitgegeben hatte. Lothar wiederholte die Wortwechsel mit dem nervösen jungen Pfarrer, die Ruth dann – unterbrochen von langen Phasen der Stille – für sich nachsprach, mit Verwunderung in der Stimme, als sei sie erstaunt, dass ihr das Reden überhaupt gelang, dass auf einen Atemzug noch immer der nächste folgte.

Dann, von einem Tag auf den anderen, ging es Ruth besser. Die Sorge um Merten gab ihr Halt. Er aß kaum etwas, wollte keinen seiner Freunde sehen, konnte sich im Unterricht nur schwer konzentrieren. Sie half ihm mit den Hausaufgaben, traf Lehrer, beriet sich mit einem Schulpsychologen – während Lothar, von seiner Rolle befreit, Wochen auf dem Sofa im Wohnzimmer verbrachte, immer wieder geschüttelt von tonlosen Weinkrämpfen, die so plötzlich begannen wie sie endeten und nur einen trockenen Heiserkeitsschmerz im Rachen hinterließen. Trost gaben die Rituale, zu denen er sich bald wieder durchrang, die routinierten Handgriffe im Garten, die Zubereitung der Mahlzeiten, die simple Konzentration auf das Schneiden von Gemüse – und die Aussicht darauf, endlich wieder zu fliegen. Er wartete, bis Ruth anfing, Einkäufe zu übernehmen, bis sie Freundinnen empfing, mit denen sie leise redend auf der Couch saß, während er bei geöffneter Tür in seinem Arbeitszimmer vor dem Bildschirm hockte und so tat, als würde er ihnen nicht zuhören. Tag für Tag schob er das Thema vor sich her, dann war sie es, die ihn darauf ansprach.

»Willst du nicht wieder arbeiten?«, fragte sie vom Schlafzimmer aus, als er am Waschbecken im Bad stand. Über den Spiegel sah er sie im Bett, ein Kissen im Rücken, ihre Hände unbewegt auf der Decke.

Man bat ihn zu einer Unterredung in den vierten Stock eines Nebengebäudes. Er hatte sich vorbereitet, wusste, was sie von ihm verlangen konnten und was nicht: Trotzdem verhärtete der Ärger darüber, dass dieses Gespräch überhaupt stattfand, seine Kiefermuskeln, als er in einem klimatisierten Raum einem übergewichtigen Mann gegenübersaß, der mit ernster Stimme fragte:

»Wie geht es Ihnen?«

Lothar schwieg.

Der Mann blickte ihn aufmerksam durch seine randlose Brille an, Furchen in der Stirn, die Lippen abwartend geschürzt. Sein Doppelkinn quoll ihm aus dem geschlossenen Hemd, als müsste der Kragen jeden Moment aufspringen. Er hatte mit Sicherheit noch kein Cockpit von innen gesehen.

»Ich muss Ihnen diese Frage leider stellen.«

»Gut«, sagte Lothar. »Es geht mir«, er zögerte, »wieder besser.«

»Was tun Sie? Wie verbringen Sie Ihre Tage?«

»Ich arbeite im Garten. Ich mache Spaziergänge. Aber die meiste Zeit sitze ich herum und tue nichts.«

»Können Sie schlafen?«

»Ja.«

»Ohne Medikamente?«

»Ja.«

»Und Ihre Frau? Wie geht es Ihrer Frau? Möchte sie wieder arbeiten?«

»Später vielleicht. Sie kümmert sich um unseren Sohn. Den anderen. Merten ist noch sehr durcheinander.«

Der Mann nickte.

»Hat Merten, ich meine, hat er professionelle Hilfe?«

»Seit Kurzem, ja.«

»Und Sie? Haben Sie jemanden, mit dem Sie sprechen können? Außerhalb der Familie.«

Lothar schwieg.

»Es gibt in solchen Fällen die Möglichkeit, eine Beratung in Anspruch zu nehmen. Vielleicht wäre das hilfreich?«

»Ich will fliegen. Meine Arbeit tun. Das wäre hilfreich.«

Der Mann legte Daumen und Zeigefinger an einen gläsernen Aschenbecher, schob ihn hin und her.

»Niemand würde es Ihnen verdenken, wenn Sie ins Management wechseln wollten, um öfter mit Ihrer Familie zusammen zu sein.«

Sie sahen sich an, bis Lothar wegschaute. Das Regal neben der Tür war aus dem gleichen tropischen Holz wie der Schreibtisch. Zwischen den Ordnern, Broschüren und Fachbüchern konnte er kein privates Foto entdecken.

»Wieso schlafen Sie nicht drüber? Reden mit Ihrer Frau?«

»Das brauche ich nicht. Das ist nicht nötig. Hören Sie: Ich bin kein Sicherheitsrisiko.«

Der Mann ließ den Klemmbügel eines silbernen Füllers mehrmals gegen die Kappe schnellen. Dann drehte er sich auf dem Stuhl zum Fenster, blickte in den grauen Himmel über dem Stadtwald, gedankenverloren, als sei er allein. Sie können dich nicht zwingen, sie können dich zu gar nichts zwingen, dachte Lothar fast heiter, während er den Blick auf eine afrikanische Maske heftete, die hinter dem Schreibtisch an der Wand hing. Eine Weile war nur das Rauschen der Klimaanlage zu hören. Dann wandte sich der Mann wieder zu Lothar, legte beide Hände auf die Platte, lächelte knapp.

»Reichen Sie eine Flugtauglichkeitsbescheinigung ein.«

Einige Wochen später flog Lothar nach Kairo, mit einem erfahrenen Copiloten, der bald die Schulung zum Kapitän antreten würde. Bevor er sich über eine Flugkarte beugte, sagte er:

»Ich habe es gehört.« Er presste die Lippen aufeinander. »Schön, dass Sie wieder dabei sind.«

Jetzt erreichte Lothar die Kuppe des Hügels, von der sich der Blick auf die Wiese öffnete, und bemerkte erleichtert, dass ein rot leuchtender Rasentraktor im Gras auf ihn wartete. Gründberg füllte Benzin in den Tank und schaute kurz auf, als der Wagen näher kam. Lothar hielt neben einem Kirschbaum, und als er die Tür öffnete, empfing ihn die Stille der Abgeschiedenheit. Er stieg aus, ging über die mit Reifenspuren durchzogene Ebene und stellte sich grußlos zu Gründberg. Stechender Benzingeruch fuhr ihm in die Nase.

»Er hat nur einen Meter Schnittbreite, aber ich denke, es wird gehen.« Gründberg schraubte den Tankstutzen zu. »Ich habe schon alles eingestellt. Kinderleicht zu fahren. Sogar die Sträucher säbelt der mühelos weg.«

Lothar betrachtete das Gerät, an dem keinerlei Gebrauchsspuren zu entdecken waren. Die lackierte Motorhaube, die Pedale, der Fangkorb am Heck – alles wirkte fabrikneu und löste in ihm das heftige Bedürfnis aus, sofort mit der Arbeit zu beginnen.

»Schön. Danke«, sagte er.

Gründberg ging zum Passat, der mit einem Hänger einige Meter weiter stand, doch anstatt, wie Lothar gehofft hatte, einzusteigen, kam er gleich wieder.

»Fünf Stunden werden Sie mindestens brauchen«, sagte er, während er seine Finger an einem Tuch abwischte. Lothar schaute über die Ebene, die ihm nun, wo es darum ging, jeden Quadratmeter abzufahren, riesig erschien: vertrocknetes Gras, brachliegende Ackerflicken, Blumenwieseninseln, dorniges Gestrüpp.

»Wenn ich jetzt anfange, schaffe ich es bis Sonnenuntergang«, sagte er ungeduldig, doch Gründberg stand neben ihm wie versunken in seine Gedanken und rieb gemächlich über eine schwarze Stelle an seinem Handballen.

»Ich habe noch einmal nachgedacht. Sie wissen aber, dass es hier in der Gegend schon drei Flughäfen gibt? Neben Heppenheim noch Walldürn und Vielbrunn bei Michelstadt.«

Aufmerksam blickte Lothar in das gebräunte Gesicht seines Gegenübers, dessen Haut, anders als seine, keinerlei Verbrennungen aufwies.

»Aber hier oben muss ich nicht an Sommerfesten mit Bratwurst und Bier teilnehmen«, sagte er, während er vor seinem inneren Auge das Gelände der Wasserkuppe sah, wo sein Segelflugzeug in einem Hangar eingelagert war: die riesigen Hallen, das Museumsgebäude und die weithin sichtbare Radarkuppel. Restaurants, Souvenirgeschäfte, die Parkplätze, auf denen sich die Busse drängten. Hunderte Schaulustige und Neugierige bevölkerten an Sonnentagen die Wiesen, belagerten die Startplätze oder richteten die Linsen ihrer Feldstecher von den Terrassen gen Himmel.

»Bei Ihnen kann man keinen Segelflugschein machen?«

»Doch. Wenn jemand den Weg hierher findet.«

Gründberg nickte.

»Ich habe gehört, dass der Antrag schon auf dem richtigen Schreibtisch liegt. Sie brauchen für die Genehmigung nur noch den Nachweis, dass Ihnen das Grundstück gehört.«

Lothar wusste noch immer nicht, worauf Gründberg hinauswollte, und fixierte, statt zu antworten, den Anlasser, der unterhalb des Lenkrads in die Verschalung eingelassen war. Gründberg faltete das Tuch zum Quadrat und ließ es umständlich in seiner Gesäßtasche verschwinden. Dann wandte er sich zu Lothar, plötzlich einen schwärmerischen Ausdruck im Gesicht.

»Pilot. Das muss doch ein Traum gewesen sein? Fliegen. Andere Länder sehen.«

Der Druck zwischen Lothars Schulterblättern ließ nach. Er hatte befürchtet, Gründberg würde ihre Vereinbarung wieder rückgängig machen wollen.

»Traum? Ich weiß nicht. Man verdient als junger Mensch zu viel Geld, kommt in der Welt herum, ohne etwas von ihr zu verstehen, und neigt wegen der erstklassigen Hotels zur Arroganz der Diplomaten.« Als Gründbergs Verständnislosigkeit nicht wich, sagte er: »Es gibt sicher schlimmere Jobs.«

Ein schnelles Lächeln wanderte über Gründbergs Züge. Dann betrachtete er lange den verschmutzten Nagel seines Zeigefingers, bevor er mit dem Daumen der anderen Hand darüberrieb.

»Trotzdem haben Sie aufgehört.«

Lothar versenkte beide Hände in den Hosentaschen, schaute an Gründberg vorbei, mit in der Wange schmerzenden Gesichtsmuskeln.

»Ich bin gefeuert worden. Wenn es das ist, was Sie interessiert.«

Gründberg stülpte die Lippen vor, nahm das Geständnis mit angedeutetem Nicken zur Kenntnis und drehte sich zum Rasentraktor. Er startete den Motor, der wesentlich leiser schnurrte, als Lothar erwartet hatte.

»Hier regeln sie die Mähgeschwindigkeit, dort das Fahrtempo. Und mit dieser Vorrichtung lässt sich der Fangkorb abnehmen.«

Dann trat er zurück, damit Lothar aufsitzen konnte.

Lothar wartete, bis der Passat mit dem rumpelnden Anhänger nicht mehr zu sehen war, bevor er sacht aufs Gaspedal drückte. Ruckend setzte sich das Gefährt in Bewegung. Als er das hohe Gras erreichte und merkte, wie mühelos es sich durch die Halme fraß, erhöhte er die Geschwindigkeit. Mit lautem Prasseln knallten die zerkleinerten Äste in den Tank, als der erste Strauch zwischen den Vorderrädern verschwand. Als er die Pappeln am oberen Ende erreichte, wendete er und zog Richtung Westen. Still sitzen, Spur halten, mehr wurde von ihm nicht verlangt. Auf einem nahen Hügel lag ein Gehöft, dessen tiefrote Schindeldächer in der Nachmittagssonne leuchteten. Er sah ein Waldstück und auf der abfallenden Weide darunter Kühe, auf die er sich konzentrierte. Die gleichförmige Erschütterung des Lenkrads setzte sich bis in seine zitternden Schultern fort. Obwohl die Sonne schon tief stand, begann die Haut an Stirn und Wangen wieder zu jucken. Er roch seinen Schweiß, musste immer wieder Insektenschwärme mit der Hand auseinandertreiben, die plötzlich vor seinen Augen schwirrten. Als er hektisch eine Bremse wegwischte, die sich in seinem Haar verfangen hatte, war plötzlich und mit Wucht die Erinnerung an die Nachricht von Jakobs Tod wieder da. Seine Knie pressten sich an die Verkleidung des Motorblocks, wie sie gegen Ruths um sich tretenden Beine gedrückt hatten, damals, als er sie festhielt, um sie zu beruhigen, während die beiden Polizisten betreten vor dem Esstisch standen und darauf warteten, auch den zweiten Teil der Nachricht zu überbringen: dass Jakob getötet worden sei. Abrupt hielt das Gefährt an. Die Arme aufs Lenkrad gestützt, versuchte Lothar seinen Fuß wieder aufs Pedal zu heben, aber die Muskeln seines Beines gehorchten ihm nicht.

Merten hörte das Tosen des Meeres, sah den nachtschwarzen Himmel im Dachfenster und versuchte sich daran zu erinnern, wie sie in dieses Zimmer gekommen waren – bis ihm bewusst wurde, dass das Rauschen von den Autos auf dem Ring kam. Sie waren nicht an der Küste, sie lagen in seiner Mansarde. Ruckartig hob er den Kopf. Schmerz schnitt in seine Schulter, Miriam schnaufte erschrocken, schob den Oberschenkel über seine Beine, und er sank in den Schaumstoff der Matratze zurück. Die schweigsame Rückfahrt fiel ihm ein, das Essen mit seinen Eltern, die heiße, wie zähflüssige Luft, in der er kaum vorwärtsgekommen war, als er Miriam auf der Konstablerwache hinterherrannte. Seine Hand tastete über den Teppichboden. Schlüsselbund, Zettel, Zeitschriften, nirgendwo eine Wasserflasche. Seine Zunge drückte gegen die Schneidezähne, fuhr durch die Wölbung seines Gaumens, aber der metallische Geschmack ging nicht weg. Vorsichtig drehte er den Kopf. Unter Miriams geschlossenen Lidern bewegten sich ihre Augäpfel, gleichmäßig strich ihr Atem über seinen Arm. Ein Krankenwagen raste mit gellendem Martinshorn über die Bockenheimer Anlage; als die Sirene verklang, fiel ihm auf, wie ruhig es auf der Etage war. Den türkischen Mann vom Ende des Flurs hatte er Wochen nicht gesehen, aber auch von gegenüber, aus Karls Zimmer, drang kein Laut herüber. Karl war in seinem Alter und der Einzige, mit dem er bisher einige Sätze gewechselt hatte. Er arbeitete in einem Hotel in Höchst, und der unbelebten Stille nach zu urteilen, war er von der Spätschicht noch nicht zurückgekommen.

Merten dachte an Jakob, an ihren letzten gemeinsamen Familienurlaub. Eines Tages hatte eine Uhr auf Mertens Bett gelegen. Das gleiche Modell, das sein Vater ihm einmal von einer Reise mitgebracht hatte, die gleiche Uhr, die ihm vor einigen Wochen kaputtgegangen war. Neu, originalverpackt.

In den Wochen vor den Ferien war Jakob sorgloser geworden, Merten hatte gesehen, dass sich auf dem Schulhof manchmal Grüppchen um ihn bildeten und Pakete den Besitzer wechselten, doch bis dahin hatte zwischen ihnen eine Art Schweigegelöbnis bestanden: Jakob tat, als würde er Merten nicht bemerken, und er gab vor, von Jakobs Geschäften nichts mitzubekommen.

»Kommst du«, hatte ihre Mutter von draußen gerufen, wo Jakob und seine Eltern mit den Fahrrädern auf ihn warteten, um gemeinsam zur Atlantikküste zu fahren. Merten stopfte die Uhr in seine Badetasche und eilte nach draußen. Der kaum befahrene Weg führte durch ein Waldstück, Jakob fuhr pfeifend neben ihm her, freihändig, die gebräunten Arme vor der Brust verschränkt. Durch das Geäst der Bäume warf die Sonne zitternde Lichtmuster auf den Asphalt. Nach einer Weile kramte Merten die Uhr aus der Tasche und gab sie Jakob wortlos zurück. Jakobs Laune blieb, wie sie war, weder Verärgerung noch Enttäuschung waren ihm anzumerken. Kommentarlos verstaute er die Plastikbox in seiner Tasche. Dann ließ er sich nach vorn auf den Lenker fallen und beschleunigte – nicht ohne sich noch einmal umzudrehen. Schatten waren über sein gebräuntes Gesicht gehuscht, als er, die Lider auf seltsame Weise halb geschlossen, gesagt hatte:

»So kenne ich meinen kleinen Bruder. Immer schön sauber bleiben.«

Merten lächelte in die Dunkelheit – einen Stock tiefer drückte die Nachtfrau ihre Wohnungstür ins Schloss. Sie verließ das Haus nur abends, um sich beim Spätkauf mit den nötigsten Lebensmitteln einzudecken, senkte jedes Mal den Blick, wenn er ihr begegnete, und achtete darauf, dass ihre Flaschen in den Tüten nicht klirrten. Dann kam Karl. Merten hörte das Quietschen der Haustür und das seltsame Scharren seiner Schuhe auf den Stufen – als riebe er mit jedem Schritt Dreck von den Sohlen. Auf dem Absatz zwischen dem dritten und vierten Stock setzte das Geräusch aus. Das Schnappen eines Feuerzeugs, einige Sekunden Stille, die letzten Meter ging er beschwingt, mit den Fingerknöcheln gedankenverloren gegen die Wand klopfend, hinter der sie lagen. Während er mit dem Schlüsselbund hantierte, kroch der Zigarettenrauch unter dem Türspalt hindurch. Eins, zwei. Rumms. Drei, vier, fünf Schritte zur anderen Seite des Zimmers. Die überdrehten Fanfaren einer Balkanband. Rumpeln, Stuhlrücken, schließlich ein Reißen wie von splitterndem Holz, als Karl das Dachfenster aufzog. Der Zigarettengeruch hatte sich aufgelöst, war nur noch ein hauchfeines Kribbeln am Rand seiner Nasenlöcher.

Als Merten an einem der ersten Abende die Treppe hochgestiegen war, hatte Karl auf dem Absatz gesessen und ihm die Hand entgegengestreckt.

»Du bist neu.« Merten hatte geschwiegen. »Karl.« Merten schaute ihn an, konnte für einen Moment nichts sagen.

»Merten.«

»Freut mich, Merten.« Er wies zur Zigarettenschachtel, die auf der Stufe lag. Merten schüttelte den Kopf. »Student?«, fragte er.

»Ich arbeite.«

»Musst dich nicht schämen.«

»Tu ich nicht. Und du?«

»Hotel. Höchst. In der Küche.« Er nickte, als sei das eine gute, eine ehrliche Arbeit. Dann sog er an seiner Zigarette und schaute wieder vor sich hin. Merten ging an ihm vorbei in den Flur. Durch die angelehnte Tür sah er die Ornamente eines orientalischen Teppichs. Leise Musik drang aus dem Raum. »Man sieht sich«, rief Karl, als Merten schon den Schlüssel ins Schloss seiner Zimmertür fummelte.

Merten hatte nie wieder mit ihm gesprochen. Sie nickten nur, wenn sie sich begegneten, aber wenn Merten zum Lüften die Tür offen stehen ließ, konnte es passieren, dass auch Karl seine öffnete, so dass der Lichtschein aus seinem Zimmer bis auf die Dielen in Mertens Kammer fiel. Merten hatte nicht mehr als den Ausschnitt des weinroten, mit Rauten verzierten Teppichs gesehen, wusste aber von den Schritten, den Geräuschen und den Pausen dazwischen, dass Karls Zimmer größer sein musste. Er wusste auch, wann Karl das Haus verließ und wann er zurückkam, an welchen Tagen er früh und wann er spät arbeitete. Über die Monate hatte sich, fast unbemerkt, sein Tagesrhythmus

Karls Gewohnheiten angepasst. Manchmal ließ er Karl die Treppe hinuntergehen, bevor auch er das Zimmer verließ. Oder er saß nachmittags vor Karls Rückkehr schon auf seiner Matratze, um auf das Aussetzen seiner Schritte und das Schnappen des Feuerzeugs zu warten.

Die Musik hatte gewechselt, jetzt waren die Akkordeonläufe eines Tangos zu hören. Miriam rieb im Schlaf ihre Nase an seinem Arm, als juckte ihr die Haut. Sie war noch immer da. Sie hatte seine Eltern kennengelernt, und nichts war passiert. Sie würden nicht mehr so tun können, als beginne mit jedem Tag alles von vorn. Sie würden aufhören mit den Spätschichten und arbeiten wie normale Menschen, morgens gemeinsam frühstücken und abends ins Kino gehen. Er lag hoch über der Stadt in ihrer Umarmung. Es fehlte nichts.

Obwohl die Schiebetür zum Garten offen stand, war es noch immer drückend. Ruth wusste weder die Uhrzeit, noch wie lange sie schon hier hockte, nur mit Unterwäsche bekleidet, einen feinen Feuchtigkeitsfilm auf der Haut. Sie hätte hochgehen und im Bett auf Lothar warten können, aber sie wollte im Dunkeln ausharren, hier unten sein, wenn er käme. Seit sie zurückgekehrt war, hatte sich die diffuse Angst, dass ihr Schweigen nicht mehr rückgängig zu machen sein würde, noch verstärkt. Etwas war im Gange. Sie hatte etwas angestoßen, das sich kaum mehr beeinflussen ließ – und als könnte die Kraft der Einbildung den Lauf der Dinge noch ändern, beschwor sie in ihrer Vorstellung unablässig ein Gespräch herauf, das niemals stattgefunden hatte.

In diesem Gespräch hätte Lothar gefragt:

»Wann hast du dich entschlossen?«

Und sie hätte geantwortet:

»Vor sechs Wochen vielleicht.«

»Und, wie ist es dazu gekommen? Ich meine, hat er dir geschrieben, oder hast du ihn angerufen? Kann man einfach im Gefängnis anrufen und sich zum Mörder seines Sohnes durchstellen lassen, oder was?« Seine Verbitterung hätte sie erleichtert. Solange er verbittert gewesen wäre, hätte das Verhör angedauert.

»Ich habe ihm einen Brief geschrieben«, hätte sie gesagt. »Er hat geantwortet, und dann habe ich noch einen Brief geschrieben und einen Termin vorgeschlagen, den er wiederum bestätigt hat.«

»Das war vor sechs Wochen?«, hätte er verwirrt gefragt.

»Nein. Das ist länger her. Danach habe ich überlegt, ob ich wirklich gehen will. Das weiß ich seit sechs Wochen.«

»Und wann kam sein erster Brief?«

»Im April.«

»Schon bevor ich nach Griechenland geflogen bin?« Eine Pause wäre entstanden. »Wo hast du sie aufbewahrt?«

»Im Handschuhfach. Im Handschuhfach meines Wagens.«

Ungläubig hätte er den Kopf geschüttelt, und sie hätte mit Zittern in der Stimme gefragt:

»Willst du sie lesen?«

Er hätte aufgeschaut.

»Was versprichst du dir davon? Kannst du mir, verdammt noch mal, sagen, was das Ganze soll?«

Es wäre ihr unmöglich gewesen zu antworten. Ein angewiderter Ausdruck wäre auf seinem Gesicht erschienen, dann wäre er aufgestanden, nach draußen gegangen und hätte mit der gleichen Haltung zu den Kiefern geblickt, mit der er oft an seinem Schreibtisch vor dem Bildschirm saß, den Nacken angespannt, als erwarte er jeden Moment einen Schlag. Sie wäre neben ihn getreten.

»Ich weiß, dass es für dich …«

»Du hast keine Ahnung«, hätte er sie unterbrochen. »Überhaupt keinen Schimmer.«

»Komm mit.« Nach einer Pause hätte sie wiederholt: »Bitte. Komm mit.«

Sie schreckte auf, als ein Schlüssel ins Schloss der Eingangstür gesteckt wurde. Kurz darauf trat Lothar vom Windfang ins Esszimmer. Er trug das Hemd offen über der Anzughose, und er war barfuß. Seine Schuhe hingen an seiner linken Hand.

»Ich bin hier«, sagte sie. Ihre Stimme klang verzagt. »Hier unten im Sessel.«

Er blickte zur Fensterfront, schien sie aber nicht zu entdecken. Er ließ die Schuhe fallen. Dann legte er den Schlüsselbund auf den Tisch.

»Und, was machst du da?«

»Nichts. Ich kann nicht schlafen. Ich warte auf dich. Wie spät ist es?«

»Zwölf«, sagte er. »Keine Ahnung. Eins.«

»Hast du das Grundstück gemäht?«

»Ja.«

»Bist du fertig geworden?«

»Sicher.«

Sie lächelte, obwohl er sie wahrscheinlich nicht sah, aber sie hoffte, dass ihr Lächeln sich auf ihre Stimme übertrug, ihr etwas Vertrauliches gab.

»Und dann? Was hast du dann gemacht?« In den Wochen nach Jakobs Beerdigung hatten sie unzählige solcher Gespräche geführt: Wo warst du dann? Was hast du dann gemacht, hatte sie gefragt, nur um die Verbindung zwischen ihnen nicht abreißen, um sich von der Monotonie seiner Antworten beruhigen zu lassen.

»Ich war in Michelstadt essen. Am Marktplatz, wenn du es genau wissen willst.«

Sie überging den Unterton.

»Mit diesem Gründberg?«

»Nein. Allein«, sagte er ungeduldig. »Und du?«

»Ich war hier. Bin nach dem Essen gleich zurückgekommen.« Er stand noch immer am Rand der Stufe. Seine Zehen wölbten sich um die Rundung der Kante. Das Gesicht, die nackte Brust glänzten von Schweiß, zumindest kam es ihr im milchigen Nachtlicht, das durch die Fenstertür in den Essbereich fiel, so vor. »Miriam ist nett, findest du nicht?«

Er zuckte desinteressiert mit den Schultern.

»Nett? Ich weiß nicht.« Dann durchquerte er das Wohnzimmer und ging wortlos die Stufen zu seinem Arbeitsraum hoch, von dem aus die Treppe weiter zu den Schlafzimmern führte.

Ruth blickte nach draußen. Die breiten Kronen der Kiefern hingen wie schwarze Wolken hoch über dem Rhododendron. In den Appartementhäusern hinter dem Waldstreifen war kein einziges Fenster mehr erleuchtet. Langsam kam die Stille ins Zimmer zurück, stellten sich geräuschlos die Teppichfasern hinter Lothars Schritten wieder auf.

Als sie ins Schlafzimmer kam, sah sie durch die Badezimmertür Lothars verschwommenen Körper hinter dem Acrylglas der Duschkabine. Sie streifte das Oberteil ab und legte sich aufs Bett.

»Dieser Gründberg ist interessant«, sagte Lothar. Nackt ging er durchs Zimmer und rieb sich mit einem Handtuch das Haar trocken. Sie richtete den Blick auf eines der ovalen Astlöcher im lasierten Holz, hörte, wie er das Tuch über den Stuhl warf und die Schublade mit den Boxershorts aufzog. Die Frische seiner Haut, der Geruch von heißen Steinen – sie hatte die Aromen schon in der Nase, bevor er sich schnaufend neben sie fallen ließ. »Erst dachte ich, er ist wirklich begeistert, aber inzwischen bin ich mir nicht mehr sicher. Ich glaube, er hält mich für einen Spinner. Dass ich einen Platz einrichte, obwohl es schon drei in der Gegend gibt! Aber es gefällt ihm. Er steht kopfschüttelnd daneben und organisiert alles, was ich brauche.«

»Woran ist sein Vater eigentlich gestorben?«

»Was? Woher soll ich das wissen?«, rief er und drehte sich zu seiner Seite. »Altersschwäche, Herzinfarkt. Wie du dir denken kannst, habe ich nicht gefragt.«

Lothars Körper neben ihr schien zu dampfen, strahlte trotz der Abkühlung die Hitze aus, die er aufgenommen hatte, während er stundenlang mit einem Rasentraktor über eine Wiese gefahren war, über sein neues Grundstück, das sie noch nicht gesehen hatte.

Sie hatten ihn nie beim Namen genannt. Es hatte sich verboten, Spekulationen über seine Herkunft oder seine Motive anzustellen. Jede Beschäftigung mit ihm überlagere das Andenken ihres Sohnes, hatte Lothar einmal wütend geschrien. Am Tag der Verurteilung hatten sie gemeinsam versucht, im Wohnzimmer auf den Anruf zu warten: Ruth hatte eine Kerze neben Jakobs Foto angezündet, sie hatten auf der Couch gesessen und auf die Nachricht gewartet. Aber das Telefon hatte nicht geklingelt. »Was ist da los, verdammt?«, hatte Lothar gefragt, während sein Zeigefinger unablässig gegen seine Schläfe pochte. Merten war als Erster aufgestanden. »Das ist doch absurd. Völlig lächerlich.« Er war in sein Zimmer gegangen und hatte Musik aufgedreht. Dann hatte sich auch Lothar zurückgezogen und an seinem Schreibtisch in Papieren geblättert, und sie hatte sich, weil sie es nicht anders ertragen hätte, flach auf den Teppich gelegt, bis die Nachricht kam: »Lebenslänglich.« Am Abend hatten sie nebeneinandergelegen wie jetzt, und Ruth hatte in die Stille gefragt:

»Bist du erleichtert?«

»Nein.«

In der Nacht weckte sie das Rauschen des Regens, das so nah schien, als würden die Tropfen direkt neben dem Bett niedergehen. Sie hatte von Miriams schönem Gesicht geträumt. Die hohen Wangenknochen, der Schwung ihrer Augenbrauen, dann der verwunderte Blick, als auf Miriams Frage hin die Zeit auszusetzen schien. Lothar, dessen Fußsohle ihren Unterschenkel berührte, wälzte sich herum, die Matratze schwankte, und Ruth glitt in den Schlaf zurück, die Mundwinkel wie von fremden Fingern zu einem Lächeln gehoben.

Am Morgen füllte körnige Luft das Zimmer. Lothar hantierte schon in der Küche und gab sich dabei keine Mühe, leise zu sein. Als sie eine Stunde später nach draußen trat, saß er in Badehose am gedeckten Frühstückstisch und las Zeitung. Die Glaskanne mit Kaffee, aufgebackene Brötchen im Korb. Dankbar sah sie das Tablett mit den Honig- und Marmeladengläsern, den Käseteller, den er angerichtet hatte. Alles war wie vorher. Auf dem Wasser trieb der Ball. Die Sonne glitzerte durch den Ligusterstrauch, die Rollläden bei Brücks waren noch immer unten. Sie setzte sich und goss Kaffee in ihre Tasse, hob sie an die Lippen und blickte über den Rand hinweg Lothar an.

»Ich wusste, dass sie damit nicht durchkommen. Jetzt will noch ein Bürgermeister wegen Lärmbelästigung klagen«, sagte er. Er nahm noch immer jeden Sieg der Ausbaugegner mit Genugtuung zur Kenntnis, obwohl die Evakuierung ihres Örtchens, die mal zur Debatte gestanden hatte, längst vom Tisch war. »Alle haben Angst vor einem zweiten Hüttendorf. Aktivisten, die sich festketten oder Strommasten ansägen wie vor zwanzig Jahren. Der reinste Horror.« Er schüttete Brombeeren auf sein Müsli. Dann zog er Schale und Zeitung auf den Schoß und vertiefte sich erneut.

»Komm, lass uns wegfahren«, sagte sie plötzlich. »Irgendwohin. Eine Woche nur, wie früher.«

Lothar schaute nicht auf. Er kniff die Augen zusammen, wie Merten es oft tat, wenn er seinen Blick mit einem Widerhaken an einen Punkt im Nichts spannte.

»Hab schon was vor.«

Sie schwieg, dann fragte sie doch:

»Was denn?«

»Ich fahre zur Wasserkuppe und hole das Flugzeug.«

Der Rest des Frühstücks verlief wortlos. Als ein Spatz auf dem Tisch landete, warf Ruth ihm ein Stück Brot zu. Noch ein Spatz flatterte heran, und sie verscheuchte ihn mit einer Handbewegung. Lothar faltete auch den Sportteil zusammen. Leicht schlugen seine Handflächen auf die Lehnen, bevor er sich erhob.

»Ich muss los.«

Ruth räusperte sich.

»Bis heute Abend«, sagte sie.

Eine Brise kräuselte die Wasseroberfläche. Noch mehr Spatzen kamen, und sie zerpflückte ein Brötchen, warf die

Stücke auf den Rasen und schaute dabei zu, wie sie hektisch danach pickten. Im nächsten Moment schleuderte sie die zusammengerollte Zeitung nach ihnen.

Kurz hinter der Flughafenausfahrt trat Lothar abrupt auf die Bremse – mit quietschenden Reifen trieb das Heck in die Fahrbahnmitte, der Schatten im Rückspiegel kam näher, dann raste hupend eine Limousine an ihm vorbei, während er sich mit rasendem Herzen auf dem Standstreifen wiederfand, ein Vorderrad schon im verdorrten Gras neben dem Asphalt. Den Kopf gegen die Lehne gedrückt, atmete er mit geschlossenen Augen durch und presste seine zitternden Finger fest um das Lenkrad.

Das Bild war weg. Jakob, wie er – das Haar zum Pferdeschwanz gebunden – in der Terrassentür steht und ihn fragend anblickt. Nichts mehr. Nur krisseliges Schwarz und ein schmerzhafter Druck hinter den Augen. Er öffnete sie und sah die zerfetzten Reste einer Plastikfolie in einem Strauch und eine platt gefahrene Getränkedose im Straßengraben. Er stand mitten im Niemandsland von Niederrad, rechts und links der Autobahn gleißten Bürokomplexe im Morgenlicht, das Nexxus House und die Blue Towers. Die Olivettitürme schienen über dem Brachland zu schweben. Zwischen den Glasflächen sah er entfernt die Banktürme der Innenstadt, klein wie die Häuser einer Spielzeuglandschaft.

Im saugenden Fahrtwind eines vorbeidonnernden Lastwagens schwankte der Wagen. Lothar klemmte die Hände unter die Oberschenkel. In einem vergangenen Leben hatte ihn der Anblick der Stadt noch in Euphorie versetzt, damals, als er nach der Ausbildungszeit ein Appartement im 16. Stock eines Hochhauses auf dem Sachsenhäuser Berg bewohnte, von dessen Balkon der Blick bei gutem Wetter bis zu den nördlichen Vororten und den bewaldeten Hängen des Feldbergs ging. Das dichte Netz an Autobahnen, Zubringern, Landstraßen, das die Stadt umschnürte, die Menschenmassen, die täglich in die inneren Bezirke strömten und unvorstellbare Geldmengen verschoben, Waren in Bewegung setzten und ein geschäftiges Sirren produzierten. Etwas geschieht hier, etwas, das weder zu sehen noch zu greifen ist, hatte er gedacht, als er, schon in Uniform, vor Verlassen des Hauses noch einmal auf den Balkon getreten war. Hier, hatte er gedacht, kann man sich niederlassen, ohne Wurzeln schlagen zu müssen.

Er drückte den Kopf ins Leder der Stütze und stellte sich vor, bei der nächsten Abfahrt umzukehren. In einer Viertelstunde könnte er die Pforte zum Vorgarten öffnen: »Lass uns reden«, würde er zu Ruth sagen, die vielleicht noch immer am Tisch saß. Aber als er sich ausmalte, wie ihre Überraschung einem zufriedenen Lächeln wich, wusste er nicht, was er danach hätte sagen sollen. Ihr Blick machte ihn stumm. Wie erwartungsvoll ihre Augen beim Frühstück auf ihm gelegen hatten – während quälend langsam Honig vom hölzernen Löffel aufs Brötchen tropfte –, eindringlich und gleichzeitig verschleiert, nach innen gewandt, als verfolgte sie ein Geschehen, wohnte einer Verwandlung bei, zu der er keinen Zugang hatte und deren Erfahrung ihr das Recht gab, über den Dingen, also über ihm zu stehen.

Er blinkte, wartete auf eine Lücke im Verkehr und fädelte sich wieder ein. Er beschleunigte, zog auf die linke Spur und schaltete in den fünften Gang. Zwanzig Minuten später lag die Stadt weit hinter ihm.

In all den Monaten, in denen seine Kollegen ihm ihr Beileid aussprachen – beim Briefing im Crewraum, im Cockpit oder in der Hotellobby, kurz bevor sich jeder auf sein Zimmer zurückzog –, sprach ihn niemand auf Jakobs Mörder an. Ein unwillig genuscheltes »Danke«, ein suchender Blick – oder nicht einmal das –, dann gingen alle, erleichtert, wie es schien, zur Tagesordnung über. Möglicherweise wurde während seiner Touren weniger gelacht, möglicherweise reagierten die Flugbegleiter auf seine Bitten beflissener, möglicherweise blieben Hände auf seinen Armen einen Hauch länger liegen als üblich, doch sonst war alles wie vorher – bis auf einen Unterschied: In seiner Anwesenheit wurde nicht mehr über familiäre Angelegenheiten gesprochen. Ihn schützte dieses Schweigen, wie sehr, merkte er eines Nachmittags in Seoul. Sie waren essen, zu dritt, und als er von der Toilette zurückkam, hörte er den Copiloten zum Chefsteward sagen: »Ich an seiner Stelle würde den Mann umbringen. Kurzer Prozess. Was sein muss, muss sein.«

Mit angehaltenem Atem stand Lothar hinter einer Wand aus Bambus, keine zwei Meter von seinen unsichtbaren Kollegen entfernt. Klirren, als hätte einer der beiden seine Teeschale abgesetzt. Er hörte das Räuspern und Einatmen vor einer möglichen Antwort. Im nächsten Moment fand er sich auf einem alleebreiten Bürgersteig wieder, der fast ausschließlich von jungen Menschen bevölkert war. Regenwolken hingen so niedrig über der Stadt, dass die obersten Stockwerke der Hochhäuser darin verschwanden. Er machte ein paar Schritte, kehrte um, hielt inne und ließ sich von der Menge weiterschieben, an Elektronikgeschäften und supermarktgroßen Comic-Läden vorbei, an Spielhallen, aus denen ohrenbetäubendes Fiepen, Knallen und Jaulen drang, und landete schließlich in einer rauchverhangenen Schänke, in der sich Geschäftsmänner an Holztischen drängten. Er trank den ganzen Abend, Soju, einen milden Reisschnaps, über der Theke Fotos von koreanischen Bergsteigern, die – eingepackt in Daunenjacken – glücklich vor einer schroffen Gipfellandschaft posierten, während das hysterische Lachen der anderen Gäste immer lauter an sein angenehm leeres Bewusstsein brandete.

Lothar ging nicht mehr mit Kollegen aus. Nach Betreten eines Hotelzimmers kickte er die Schuhe in die Ecke, legte die Uniform ab, schloss die Vorhänge und warf einen Blick in die Minibar. Er goss Tonic ins Glas, gab Gin dazu und trank, während er durch die Kanäle zappte. Krokodile, die in brackigen Flüssen trieben; in prächtige Seidengewänder gekleidete Frauen, wie sie auf Longtailbooten die glatte Oberfläche eines Sees durchschnitten; das gutmütige Lächeln der Wetterfee auf CNN; Flughafenlounges mit ihrem beruhigend erdfarbenen Interieur. Wenn er mit trockenem Mund erwachte, überzog das Fernsehlicht die Wände mit wechselnden Farben. Er registrierte das Knurren seines Magens, tastete sich ins Bad, trank Wasser aus dem Hahn und verließ das Zimmer.

In welcher Stadt auch immer, früher oder später landete er in den Vierteln mit den Garküchen, den Studentenkneipen, im Gassengewimmel der Altstadt, wo er, meist im Stehen, etwas in sich hineinschlang. Einmal öffnete er, auf einer Parkbank liegend, die Augen und wusste nicht, wo er sich befand. In der Platane über ihm lärmte ein Vogel, in der Nähe musste das Meer sein, denn die Luft war frisch und salzhaltig, aber er konnte sich weder an einen Flug erinnern, noch daran, wie er dorthin gekommen war. Er lauschte nach Stimmen, nach Sprachfetzen, doch bis auf das Rauschen entfernten Straßenverkehrs war nichts zu hören, und als er schließlich den Kopf drehte, sah er hinter den Baumwipfeln des Parks die futuristischen Wolkenkratzer von Shanghai.

In Delhi, erinnerte er sich, blieb er im Rausch vor einem Schlangenbeschwörer stehen, einem Jungen von vielleicht zehn Jahren, der sofort aufhörte, in seine Flöte zu blasen und stumm auf den Boden schaute. Stundenlang hockte er im windigen Eingang eines Geschäftshauses und wartete, ohne zu wissen, worauf. Er bestieg am Straßenrand haltende Busse und ließ sich, eingeklemmt zwischen fremden Leibern, bis zu den Endhaltestellen fahren, in die Slums und Trabantenstädte, in die Lehmhüttenbezirke, vor denen alle Broschüren warnten. In Lagos drehte ihm am Rand eines Marktes der Geruch eines verwesenden Hundekadavers den Magen um, Kinder beobachteten ihn lachend, als er sich, gegen eine Mauer gelehnt, erbrach – doch er wurde nie angegriffen, bedroht oder beraubt. Er war, wie Lothar jetzt dachte, während die sanften Hänge der Rhön an ihm vorbeizogen, er war unberührbar gewesen. Und irgendwie hatte er jedes Mal den Weg zurück ins Hotel gefunden, war pünktlich zur Abfahrt des Shuttlebusses erschienen, rasiert, in korrekt sitzender Uniform, mit der Linken den Rollkoffer ziehend, von seinen Kollegen freundlich begrüßt wie immer.

Auch Ruth sagte nichts. Die halbe Nacht hatte er vom Sofa aus das Schwanken der Birkenäste verfolgt, und als er dann die Treppe hinaufwankte, leise, um Merten nicht zu wecken, und sich vorsichtig zu ihr ins Bett legte, sah sie ihn aus weit aufgerissenen Augen an. Er wartete darauf, dass sie etwas sagte, blickte, die Hände auf der Brust gefaltet, zum Schatten seines Fußes an der Dachschräge, doch als er wieder zu ihr hinsah, waren ihre Augen geschlossen.

Er rechnete in dieser Zeit täglich damit, dass die Lähmung ihn wieder überfiel, die seinen Körper einige Wochen nach Jakobs Tod ans Bett gefesselt hatte. Damals war er tagelang unfähig gewesen, sich zu bewegen. Seine Knochen hatten geschmerzt, als ritzte jemand mit einem Messer in ihnen herum, seine Haut war porös geworden und gespannt, als sonderte ein unbekanntes Organ eine Substanz ab, die sein Fleisch aufquellen ließ. Er fürchtete, dass seine Beine ihren Dienst versagten, dass er während eines Fluges nicht mehr die Kraft fände, die notwendigen Schalter zu betätigen. Aber das war nicht der Fall. Er tat, was zu tun war. Nur seine Geräuschempfindlichkeit wuchs, seine Gereiztheit.

»Hey«, rief er durch die Cockpit-Tür, als ein Techniker bei der Reparatur eines Schließfaches kurz vor dem Abflug in Singapur mit seinem Schraubenzieher laut über eine Metallfläche kratzte. »Hey, Sie Anfänger, muss das sein?«

Der Mann setzte das Werkzeug ab.

»Gibt es ein Problem?«

»Allerdings. Ihre Unfähigkeit geht mir auf die Nerven.«

»Bitte.« Er hob beschwichtigend die Hand. »Kein Grund, unverschämt zu werden.«

Der Mann war klein, gedrungen, er trug einen dunkelblauen Overall, sein Haar war von einem Staubschleier überzogen, und als er sich wegdrehte, um weiterzuarbeiten, sagte Lothar:

»Verlassen Sie sofort mein Flugzeug.«

Die Augenbrauen des Technikers sprangen in die Höhe. Kurz schaute er durch eines der Fenster, ungläubig den Kopf schüttelnd. Dann kam er näher, während eine Flugbegleiterin mit gefrorenem Lächeln im Vorraum stand. Er kam so dicht heran, dass Lothar sich selbst in seinen Augen sehen konnte, einen Mann im taubenblauen Kragen, der eine lächerliche Kapitänsmütze trug.

»Ihr Flugzeug?«, wiederholte er. Er sog Luft durch die Nase, lächelte auf einmal und zog sich dann zurück. Die Flugbegleiterin begann hektisch, Zeitschriften auf einem Rollwagen auszulegen. Lothar blickte über das Vorfeld. Und während er auf die anderen Maschinen in ihren vorgeschriebenen Haltepositionen und die hin und her flitzenden Follow-me-cars sah, nahm er – zum ersten Mal nach langer Zeit – die Enge des Cockpits wieder wahr, die gewölbten Wände, den knapp bemessenen Raum zwischen Kopf und Decke, hinter ihm die Lehne, wie verwachsen mit seinem Rücken. Plötzlich wurde er sich der unermesslichen Kraft der schlafenden Turbinen bewusst, während die Innenfläche seiner Hand pochte, als umschlösse sie den Gashebel –

dabei lagen beide Hände ruhig in seinem Schoß. Er sah zum Copiloten, wollte etwas sagen. Dann blickte er wieder nach vorn. Es war so heiß, dass die Luft über dem Asphalt flimmerte.

Kurz darauf erschienen zwei Flughafenpolizisten, die Lothar in das Mundstück eines Gerätes blasen ließen und ihn schließlich baten – nachdem erst der eine, dann der andere das Ergebnis vom grünen Display abgelesen hatte –, sie zu begleiten.

Angesichts seiner »außergewöhnlichen Lebenssituation« wurde ihm noch einmal das Angebot unterbreitet, ins Management zu wechseln, sofern er einer Therapie zustimmte. Er lehnte ab und stellte verwundert fest, dass das Bedürfnis zu trinken nur wenige Wochen nach seiner Kündigung wieder verschwunden war.

In Weyhers hielt Lothar auf einem Parkplatz hinter der Kirche, stieg aus und betrat den Laden, in dem er früher mit Jakob Proviant für die gemeinsamen Segelflüge gekauft hatte. Unschlüssig ging er durch die Gänge, musterte einen Angestellten, der vor dem Weinregal kniete und Flaschen einräumte. Nahm ein verpacktes Rosinenbrot in die Hand und legte es wieder zurück. Stand in der Obstabteilung lange vor den Äpfeln, bevor er sich mit einer Tafel Schokolade an die Kasse stellte. Draußen rollten im dichten Verkehr Autos vorbei, von denen die meisten der gewundenen Straße bis zur Wasserkuppe folgen würden. Er nahm sich vor, an den Parkplätzen, der Start- und Landebahn, den Restaurants und dem Museum vorbei bis zur Halle zu fahren, in der sein Flugzeug im Anhänger stand. Er würde auf dem Vorplatz wenden und rückwärts so nah wie möglich an das Tor heranrollen. Er würde aussteigen und zum Anhänger gehen, ohne auf Anwesende zu achten. Würde die Feststellbremse lösen und ihn langsam an den anderen Anhängern vorbei zum Ausgang ziehen, ihn ankuppeln, die Abreißleine um den Haken schlingen, den Stecker in die Buchse drücken, in den Wagen steigen. Und wenn alles glattginge, würde er das Gelände wenige Minuten später wieder verlassen, ohne ein Wort mit jemandem gewechselt zu haben. Er sah, während er an der Kasse stand, seinen fünfzehnjährigen Sohn, wie er betont lässig, ein stolzes Lächeln im Gesicht, über die Piste auf ihn zukam, nachdem er den letzten Hindernisflug mit Bravour hinter sich gebracht hatte.

»War gut, oder?«

»Ziemlich.«

Die Kassiererin blickte ihn freundlich an.

»Wie bitte?«, fragte Lothar.

»Könnten Sie bitte Ihre Einkäufe auf das Band legen?«

Die Arme um die Knie geschlungen, hockte Miriam unbewegt auf dem Rand der Matratze, als Merten die Augen aufschlug.

»Hey«, flüsterte er und streckte die Hand nach ihr aus. »Ist was mit dir?«

Sie schwieg.

»Soll ich uns Tee machen?«

Kopfschütteln.

»Möchtest du draußen frühstücken?«

»Ich bin müde«, sagte sie. Dann: »Ich will allein sein.« Erstaunt blickte sie dabei zu Boden, als würde sie sich ihres Wunsches erst während des Aussprechens bewusst. Hastig schlüpfte sie in die Jeans und zwängte, den Busen schamhaft abgewandt, die Arme durch die Löcher des Stretchoberteils. Und dann, während Merten vergeblich nach einem Satz suchte, der sie hätte zurückhalten können, rannte sie aus dem Zimmer und die Treppe hinunter.

Er lag noch immer auf dem Bett. Von gegenüber hörte er leise Schritte, ein Wasserhahn wurde auf- und wieder zugedreht, danach war es still. Er richtete sich auf und sank wieder zurück, weiße Lichtpunkte tanzten vor seinen Augen.

»Ja?«, rief er in den Hörer, als das Telefon läutete. »Ach du.« Er gab sich keine Mühe, seine Enttäuschung zu verbergen.

»Ja, ich«, sagte seine Mutter. »Stör ich?«

»Was gibt's denn?«

Er hörte sie atmen, dann sagte sie:

»So geht das nicht.«

»Was geht so nicht, Mama?«

»Ich möchte endlich mit dir über Jakob reden können.«

Merten wälzte sich auf den Bauch. Wie Perlen auf einem Faden liefen die Knötchen des Frotteelakens die Kuhle hinunter, die sein Ellbogen in die Matratze drückte. Er konnte sich nicht erinnern, dass seine Mutter jemals so mit ihm gesprochen hatte.

»Ich bin wirklich nicht verpflichtet, euch zu erklären, wem ich von Jakobs Tod erzähle und wem nicht.«

»Das meine ich nicht. Es ist mir völlig egal, dass du Miriam nichts davon gesagt hast.« Sie machte eine Pause, und in der Stille, die entstand, war sofort das schlammige Chaos wieder da, das ihn während des Essens von einer Stimmung in die nächste gejagt hatte. Dic Angst, dass jedes Gespräch unweigerlich bei Jakob landen würde, die Scham für seine Eltern und der Stolz darauf, dass sein Vater von Miriams Lachen geschmeichelt war – und gleichzeitig hatte ihm die Anwesenheit seiner Mutter eine trügerische Sicherheit gegeben; die Hälfte des Gesprächs war einfach an ihm vorbeigerauscht.

»Ich meine: Wir beide. Wir müssen über Jakob reden. Ich möchte wissen, ob du weißt, was wirklich vorgefallen ist.«

»Wie bitte?«

»Ich möchte wissen, ob du weißt, was wirklich vorgefallen ist und aus welchem Grund?«

Merten war davon überzeugt, dass sein Vater noch immer nicht wusste, in was Jakob damals hineingeschlittert war, aber bei seiner Mutter war er sich nicht sicher. Er versuchte herauszuhören, wo sie sich befand – ob im Esszimmer oder am Schreibtisch in ihrem Büro, von dem der Blick durchs vergitterte Souterrainfenster auf den Rasen fiel, doch es waren keine Nebengeräusche zu vernehmen, weder Rascheln von Papier noch Vögel, die durch die offene Tür hätten zu hören sein müssen. Einige Monate nach Jakobs Tod war er im Unterricht nicht mehr mitgekommen, die einfachsten Gleichungen hatten sich vor seinen Augen in Zahlensalat verwandelt, und seine Mutter hatte ihm dabei geholfen, die Einzelteile des logischen Gebäudes wieder zusammenzusetzen, hatte, um seine Aufmerksamkeit nicht abreißen zu lassen, ihre Fingerspitze unter Ziffern gelegt und sein begriffsstutziges Grübeln mit angespannter Zuversicht begleitet – bis sie eines Tages, ihr Gesicht über einem Heft nur Zentimeter von seinem entfernt, gefragt hatte, ob er Jakob eigentlich mal in dieser Billardkneipe besucht habe. »Was? Nein!«, hatte er erschrocken geantwortet und sich danach so zusammengerissen, dass er ihren Beistand bald nicht mehr nötig hatte.

»Was meinst du überhaupt?«

»Merten!«

»Nein, wirklich. Ich verstehe kein Wort. Aber wir können gern über Jakob reden. Mal ganz was Neues?«

Die Leitung schien wie tot. Dann schnaufte seine Mutter gereizt.

»Merten, hör auf damit.«

»Womit soll ich aufhören?«

»Das weißt du genau.« Merten wälzte sich auf den Rücken, sah die ausfransende Kondensspur eines Flugzeugs, die das Himmelsquadrat in der Dachluke diagonal durchschnitt.

»Mama, sag mir einfach, was du sagen willst. Oder lass es bleiben.«

Sie schwieg. Merten wartete, doch seine Mutter sagte nichts. Dann fiel ihm ein, dass ihr Anruf bedeuten könnte, dass sein Vater wieder trank. Er presste die Augen zusammen, konnte aber nicht verhindern, dass er ihn betrunken im Flur liegen sah, eingerollt, mit urindurchtränkter Hose.

»Ist was mit Papa?«, fragte er.

»Was soll mit Papa sein?« Nach eine Weile setzte sie hinzu: »Nein, es ist alles in Ordnung.« Er hörte Karl die Tür zu seinem Zimmer abschließen und dann leise vor sich hinpfeifend die Treppe hinuntersteigen. Er sog Luft durch die Nase. Kein Zigarettengeruch. »Ich finde Miriam übrigens sehr nett«, sagte sie, fast schüchtern jetzt.

»Was willst du damit sagen? Dass du mir nicht zugetraut hättest, so eine Frau kennenzulernen.«

»Nein, Merten. Nein«, rief sie, den Tränen nah.

»Okay«, sagte er beruhigend. »Okay.«

»Wann sehen wir uns?«, fragte sie.

»Weiß noch nicht.«

Nachdem er aufgelegt hatte, tippte er die Nummer der Mailbox – Miriam hatte sich nicht gemeldet. Er wusch sich am Waschbecken, zog ein frisches T-Shirt über, griff die Kameratasche und verließ das Zimmer. Es war ein strahlender Tag, nicht so heiß wie gestern, die Luft klar wie nach einem Gewitter. Er entriegelte das Schloss und schob das Rad aus dem Hof. Er wusste nie, was er fotografieren würde, wenn er das Haus verließ. Meist trank er in einer Bäckerei in der Fressgasse noch einen Kaffee, ließ, auf einen Stehtisch gelehnt, die Passanten, Warenzulieferer und Kuriere an sich vorbeiziehen, bevor er sich aufmachte: Schrottplätze, Gebrauchtwagenhändler, Bahnunterführungen, schlauchartige Verengungen, in denen sich der Wind beschleunigte – solche Orte zogen ihn an, auch wenn auf den Fotos am Ende weder Gebäude noch Gegenstände zu erkennen waren. Meist stellten seine Bilder nur die Hässlichkeit grauer Schlieren zur Schau, doch wenn Merten zufrieden war, löste die Betrachtung in ihm eine ähnliche Empfindung aus wie das Rauschen des Blutes, das er manchmal im Kopf hörte, wenn der Strom der Gedanken für einen Moment aussetzte: ein Gefühl von Bedrohung, das verschwand, sobald man sich darauf konzentrierte. Vor drei Jahren hatte er mit dem Fotografieren begonnen, damals war er – noch mit der alten Kamera seines Vaters – um die Konstablerwache geschlichen, hatte Bilder von der Passage gemacht, durch die Jakob gegangen, von den Geschäften, an denen Jakob auf seinem letzten Weg vorbeigekommen war. Hatte in der abgedunkelten Waschküche auf das im Entwicklerbad schwimmende Papier geblickt und ungläubig verfolgt, wie die Konturen von Türen und Fenstern, die Buchstaben von Schriftzügen aus dem Nichts auftauchten, und sich vorgestellt, wie Jakob sie in den letzten Augenblicken seines Lebens gesehen hatte. Muster zu finden, in denen Erinnerung hing, im letzten Moment erfasst, bevor auch sie ihren Zusammenhang verloren – das schwebte Merten vor.

Er fuhr zum Grüneburgpark. Schon von Weitem hörte er die Bongotöne einer Trommelgruppe, doch als er den Pavillon mit dem Café und die von Menschen bevölkerte Wiese erreichte, waren die Rhythmen wie eine akustische Fata Morgana in die Ferne gerückt, schienen von der Nachbarwiese zu kommen, die sich uneinsehbar hinter Buchen erstreckte. Er mochte den Park, mochte es, die Augen an den unendlichen Schattierungen des Grüns zu wärmen, sein Blick wurde genauer, während er im Vorbeifahren die feine Staffelung des Raumes erfasste, die das ausgreifende Astwerk sichtbar machte. Er durchquerte die Anlage, kam über eine Brücke nach Ginnheim und zu der großen Fläche, von der sich der Europaturm in den Himmel erhob. Der Turm sog den Blick in die Höhe, sammelte alle Aufmerksamkeit, während der Bereich in seinem Schatten unbeachtet blieb wie ein offener Abstellraum. Es gab riesige Parkplätze, Zufahrtsstraßen, ein von einem hohen Zaun eingefasstes Fuhrunternehmen. Doch während er in langsamen Schlangenlinien über das Gelände kurvte, blieben seine Augen nirgendwo hängen, stellte sich bei keinem Anblick der innere Widerhaken auf, den er benötigte, um die Kamera aus ihrem Futteral zu holen. Er stellte das Rad ab und streunte im Schatten einer Lagerhalle entlang, wo es Berge von Holzpaletten gab und Container voller Bauschutt, alter Waschbecken und rostiger Armaturen. In einem anderen häuften sich Altkleider, Wintermäntel, Kunstpelze, Anoraks, und er hielt die Kamera vors Auge, während ihm der Geruch von Mottenkugeln und filziger Wolle in die Nase fuhr. Er tastete mit der Linse über die Mulden und Vertiefungen – und erschrak, als er plötzlich den Saum seiner Jeans und seine Schuhe im Sucher erblickte. Er ließ die Kamera sinken. Es hatte keinen Sinn.

Erneut wählte er Miriams Nummer, wieder sprang nur die Mailbox an. Eine halbe Stunde später stand er in Sachsenhausen vor der zerkratzten Tür eines Neubaus und drückte mehrmals auf die Klingel, neben der ein Papierstreifen mit den Buchstaben M J klebte, aber der Öffner summte nicht. Er lungerte in der Nähe des Eingangs herum, immer wieder zum Fenster im dritten Stock schauend, hinter dem ihre winzige Küche lag und dessen geschlossener Vorhang sich nicht bewegte.

Um sechs begann ihre gemeinsame Schicht. Als er ein paar Minuten vor Arbeitsbeginn im Hof erschien, waren wie immer um diese Zeit alle Tische unter der Kastanie besetzt. Er grüßte Uta, die mit einem vollen Tablett auf eine Gruppe junger Taunus-Mädchen zusteuerte – Tüten aus den Goethestraßen-Boutiquen standen artig neben ihnen im Kies –, betrat den hohen Stuckraum, vor dessen verspiegelten Wänden kaum mehr als ein Dutzend Gäste saßen – zwei Zeitungsleser auf der Empore, ein junges Paar mit Kinderwagen, einige ältere Damen, die sich nur hierher verirrt hatten, weil in den Cafés mit dem besseren Kuchenangebot kein Platz zu finden war.

»Voller Tag?«, fragte er Ergi an der Theke, während er sich eine Apfelschorle mischte.

»Geht«, antwortete sie, ohne von den Bons aufzuschauen, die am Rand der Arbeitsfläche lagen.

Miriam war noch nicht da. Tom saß am Mitarbeitertisch,

nickte, als Merten sich dazusetzte, nahm einen Schluck Kamillentee und zog schniefend die Nase hoch.

»Und, wie war deine Professorenaudienz?«

Er hatte Tom in einer unbedachten Sekunde Bilder gezeigt und musste für diesen Monate zurückliegenden Fehler noch immer bezahlen: Augenzwinkern, schlaue Kommentare – Tom, der Informatik studierte, wusste immer Bescheid. Merten schwieg, angelte mit dem Fuß einen Stuhl, stützte den Schuh auf die Verstrebung und fixierte die Stelle am Ende des Hofs, um nicht den Moment zu verpassen, wenn Miriam kam.

»Ich hab dir doch gesagt, die machen in Offenbach nur angewandte Sachen. Du musst zum Städel. Das ist die richtige Adresse.«

Uta kam mit dreckigem Geschirr zurück und schnitt eine Grimasse, als bräche sie unter der Last gleich zusammen. Merten wartete, bis das Scheppern, mit dem sie die Teller in den Aufzug geschoben hatte, verklungen war.

»Was machst du überhaupt hier?«, fragte er Tom. »Ich dachte, du hast dir freigenommen?«

»Hatte ich auch. Aber dann hat mich Miriam gebeten, heute und morgen die Schichten für sie zu übernehmen. Sie musste dringend irgendwohin. Na, mit mir kann man es ja machen.«

Merten glotzte Tom an, der das Glas an den Mund hob. In Erwartung der heißen Flüssigkeit hatten sich seine Züge in eine grotesk zerknitterte Landschaft verwandelt. Im Hof sah Merten, als er den Kopf drehte, die gebückte Gestalt des Bettlers, den alle nur den Vogelscheuchenschauspieler nannten, weil er regelmäßig erzählte, die Dreharbeiten seines neuen Filmes würden bald beginnen. Eines der Taunus-Mädchen riss lachend den Mund auf. »Scheiße«, murmelte Uta hinter ihm, nachdem sie die Aufzugtür aufgeschoben hatte. »Falsches Dressing. Nur Penner in der Küche.« Die Heißluftdüse der Espressomaschine zischte, fern und gedämpft, als befände er sich unter Wasser.

Durchs Küchenfenster sah Ruth, wie Lothars Wagen auf dem Bürgersteig hielt. Der Reis war fertig, das Fleisch lag seit Stunden in der Marinade. Sie wischte die Hände an der Schürze ab, trat nach draußen und blickte ihrem Mann entgegen, der über das Gatter stieg und im Vorbeigehen den herumliegenden Gartenschlauch zur Seite warf, bevor er verwundert vor dem Tisch stehen blieb, den sie auf der Terrasse gedeckt hatte. Weiße Leinendecke, Serviettenringe, schweres Besteck. Zwischen den Wassergläsern und der Karaffe mit Eistee stand ein Teelicht, in dessen Kupfergehäuse schon eine Kerze brannte, obwohl es erst in Stunden dämmern würde. Die Festlichkeit des Arrangements kam ihr plötzlich lächerlich vor.

»Ich komme gleich«, sagte er, ging in die Küche, und sie blickte ihm hinterher. Ruth atmete tief. Die Eichenmaserung der Küchenmöbel trat scharf hervor, die gusseiserne Pfanne stand schon auf dem Herd. Als sie die Tüte mit dem eingelegten Fleisch aufknotete, hörte sie Lothar oben in der Dusche das Wasser aufdrehen. Sie stellte die Hitze wieder ab und lehnte sich, die Arme unter der Brust verschränkt, an den Kühlschrank. Regungslos wartete sie, bis Lothar zehn Minuten später in einem frischen kurzärmeligen Hemd die Küche betrat.

»Soll ich das Fleisch braten?«

Er lächelte sie an, doch als er ihren Gesichtsausdruck sah, hielt er inne.

»Was?«, machte er. »Hast du was?«

»Ich verstehe nicht, warum du Merten gegenüber immer so gereizt bist. Du weißt genau, wie wichtig ihm das Fotografieren ist. Und du hast ihn so lange angegriffen, bis Miriam ihn verteidigen musste.«

Lothar schüttelte den Kopf. Er ging auf die Terrasse, blickte, die Hände in die Seiten gestemmt, zum Pool. Dann kam er zurück und baute sich in der Tür auf.

»Du willst wirklich wissen, warum ich verärgert bin?«

»Ja«, sagte sie, obwohl sie wusste, dass jede seiner Antworten einen Schatten mit sich führte, ein neues, uneinsehbares Versteck bildete – obwohl sie wusste, dass sie immer das Gefühl haben würde, das Eigentliche ohnehin nicht zu erfahren.

»Hast du sein angewidertes Gesicht gesehen? Seine Überheblichkeit? Dieses ganze Theater hängt mir zum Hals raus.« Lothars Blick rutschte über die Bodenfliesen. Dann schaute er wieder auf. »Er hat es in deiner Nachsicht ziemlich gemütlich.« Lothar ging zum Herd, goss Öl aus der Edelstahlkanne in die Pfanne und schob sie auf das Kochfeld, dessen Heizstäbe rot aufglimmten. Fassungslos verfolgte Ruth seine Handgriffe. Mit einem Holzschaber stocherte er im Fleisch herum.

»Aber er ist nicht Jakob«, sagte sie. »Merten wird nie Jakob sein. Du wirfst ihm vor, dass er nicht Jakob ist.«

»Ich tue was?« Er sah sie entsetzt an, den Kopf zwischen die Schultern gesunken. »Bist du wahnsinnig geworden?«

»Du hast ihm vorgeworfen, er sei passiv, distanziert, ein Beobachter. Im Gegensatz zu …«

Er stieß die Pfanne in die Spüle und riss den Hebel nach vorn. Zischend traf der Wasserstrahl auf das erhitzte Öl.

»Merten hat mich immer abgelehnt. Auch vorher schon, das weißt du ganz genau.«

»Weil er keine Lust hatte, in einen Segelflugverein einzutreten? Weil er nicht gejubelt hat, wenn du ihm Technikbaukästen zum Geburtstag geschenkt hast?« Sie hatte befürchtet, dass Lothar nach draußen flüchten würde – doch er reagierte nicht. Er stand, auf einmal abwesend, noch immer an der Spüle, und sie war nicht einmal sicher, ob er sie überhaupt gehört hatte. »Erinnerst du dich an unseren letzten gemeinsamen Urlaub?«, fragte sie. »Das Haus am Atlantik? Als wir beim Pilzesuchen plötzlich in dieses Hüttendorf geraten sind?«

Er zog die Brauen zusammen, als hätte ihre Frage wie ein störendes Geräusch am Rand seiner inneren Stille gekratzt. Sie hatten so etwas noch nie zuvor gesehen. Eine Ansammlung verlassener Hütten wie im Urwald. Unter Schilf und Ästen versteckten sich Waldhäuser im Gehölz, ein Geflecht aus Gängen verband die Behausungen, und oben in den Kiefern gab es Verschläge, die durch Seile mit dem Boden verbunden waren. Kein Mensch war zu sehen gewesen – aber sie hatte das Gefühl gehabt, dass bis eben noch jemand da gewesen war, dass sie beobachtet wurden, dass sie in eine Welt gestolpert waren, in der sie nichts zu suchen hatten. Merten und sie waren schon dabei gewesen, sich vorsichtig zu entfernen, als Jakob plötzlich gerufen hatte: »Hey« und »Hallo« und »Raus mit euch«.

»Erinnerst du dich«, sagte sie, »wie Jakob an den Wänden gerüttelt und immer wieder dagegengetreten hat?«

»Und?«, fragte Lothar ungerührt, die Züge wie gemeißelt.

»Als hätte er den Verstand verloren. Aber dann habe ich dich gesehen. Und du warst beeindruckt. Während Jakob sich wie ein Verrückter aufgeführt hat. Du warst einfach nur stolz.«

»Was soll die Geschichte beweisen? Willst du damit etwa sagen, dass Jakob Schuld an seinem Tod trägt?«

»Nein, verdammt. Dass du seinen Übermut immer nur als Mut sehen wolltest. Dass du ihn bis heute verklärst. Du glaubst, ein Anrecht auf den tiefsten Schmerz zu haben, weil Jakob dir ähnlich war. Weil er in deine Fußstapfen treten wollte. Oder zumindest so getan hat. Dabei hast du ihn am wenigsten gekannt.«

»Es reicht«, presste er zwischen den Zähnen hervor. »Ich will kein Wort mehr hören.«

»Aber wir müssen endlich reden, Lothar. Jakob war kein Heiliger. Er war unvorsichtig. Er hat Fehler gemacht. Und ich bin manchmal so wütend auf ihn, dass …«

Doch Lothar hörte sie nicht mehr. Er hatte längst die Küche verlassen, lief durch den Vorgarten und sprang ins Auto.

Er kam erst in der Nacht zurück. Sie hörte, im Bett sitzend, das Schlagen der Haustür und kurze Zeit später Fernsehdialoge, die mit Musik und der tiefen Stimme eines Erzählers wechselten, als schaltete Lothar durch die immer gleichen Programme. Sie lauschte nach dem Klirren von Eiswürfeln, dem unverwechselbaren Geräusch, mit dem Flüssigkeit aus einer Flasche in ein Glas schwappt – doch da war nichts, und sie legte sich erleichtert wieder hin, fand aber auch dann nicht in den Schlaf, als der Fernsehlärm längst verstummt und bis auf das Knarzen der hohen Kiefernstämme nichts mehr zu hören war. Im Dunkeln schlich sie die Treppe hinunter. Sie sah ihn auf dem Sofa liegen, sein nackter Unterschenkel hing über der Rückenlehne. Sie hörte das vertraute leise Röcheln und ging wieder nach oben.

Doch kurz vor sechs war sie wieder wach und hörte Schritte. Sie zog an, was herumlag, schlüpfte in die alten Joggingschuhe aus dem untersten Fach des Kleiderschranks. Als sie ins Wohnzimmer kam, sah sie gerade noch, wie Lothar das Zauntor hinter sich schloss und an den Rhododendren entlanglief. Kurz darauf durchquerte auch sie den taufeuchten Rasen, drückte die Plastikklinke, die eben noch in Lothars Hand gelegen hatte, und fiel, sobald der Schotter unter ihren Sohlen knirschte, in einen leichten Trab. Lothar war ungefähr sechzig Meter vor ihr. Sonst war niemand zu sehen. Seit Monaten war sie nicht gelaufen, und schon als sie den Autobahnzubringer am Ende der Siedlung unterquerte, schmerzten ihre Kniegelenke, aber sie erhöhte das Tempo, den Blick auf Lothars Rücken geheftet. Unwirklich wie eine Einbildung hörte sie hinter ihrem Schnaufen den Gesang vereinzelter Vögel in den Kronen der Bäume. Lothar lief am Wegrand, dort, wo der Untergrund in weichen Waldboden überging, leichtfüßig, hin und wieder ließ er die Arme hängen, und sie folgte ihm, atemlos von ihren kurzen, schnellen Schritten und dem quälenden Gedanken, dass sie in verbotenes Gelände vordrang. Die Luft war kühl und prickelte auf ihren Wangen. Doch je schneller sie lief, desto weiter schien er sich von ihr zu entfernen.

Kurz hinter der Kreuzung, an der sie das Heft gefunden hatte, wurde der Boden sandiger. Als die Sträucher der Böschung in Sicht kamen, stoppte sie, hielt sich die stechende Seite, spuckte aus und rannte, um den Abstand nicht noch größer werden zu lassen, weiter bis zur Kiesgrube. Er war nach links abgebogen. Sie sah seinen geraden Oberkörper, jetzt über der Grasnarbe in der Mitte des Pfades, die akkurat vor- und zurückstoßenden Ellbogen. Sie bog nach rechts und wurde langsamer. In zehn oder zwanzig Minuten würde er ihr entgegenkommen. Die Sonne stand noch hinterm Wald, aber auf dem Wasser schimmerte ein rötlicher Glanz, der in wenigen Stunden einem abweisend stumpfen Grau weichen würde. Sie blickte über den runden See, in den beim Strandbad eine aufgeschüttete Landzunge hineinragte, suchte Lothar auf der gegenüberliegenden Seite, aber die Böschung war dort dichter, und sie konnte ihn nicht entdecken. Etwas würde geschehen, wenn sein überraschter Blick in ihren greifen würde.

Doch Lothar kam nicht. Ununterbrochen blieb ihr Blick im Gehen auf die Stelle geheftet, an der der Weg in die Sträucher überging, aber niemand erschien. Als sie die Bank erreichte, auf der sie unzählige Male mit Jakob und Merten gesessen hatte, begann ihr Herz zu pochen. Panisch rannte sie ihrem Mann entgegen, erblickte endlich den Flachbau der DLRG und die frisch gemähte Liegewiese, hoffte, dass Lothar hinter dem Gebäude gerade den Parkplatz passierte, dass er sie längst entdeckt hatte und ihr bei dem Toilettenhäuschen auflauerte, um sie zu erschrecken oder in den

Arm zu nehmen – doch als sie vor den heruntergelassenen Rollläden des Kiosks stand, war niemand da, weder auf der staubigen Parkpiste noch auf dem Weg. Sie war der einzige Mensch weit und breit. Sie sank in den Sand, suchte, die Hand wie einen Schirm über den Augen, immer wieder die Böschung und die Hänge und das Ufer des Sees ab, während der im Wind erkaltende Schweiß auf ihrer Schulter sie frösteln ließ.

Nahezu windstill. Nur einige Blätter flimmerten hin und wieder in der unbewegt stehenden Birke. Ein funkelndes Netz aus Tau lag auf dem Gras. Lothars Schläfen pulsierten noch immer – dabei hatte er keinen Tropfen getrunken, war gestern Abend, um nicht in die nächste Kneipe einzufallen, stundenlang mit dem Wagen durch entfernte Stadtteile gekurvt, durch Fechenheim und die engen Gassen Enkheims, auf der leeren Brücke nach Offenbach waren die Scheinwerferkegel durch das schwefelgelbe Licht getaucht, das die Leuchten von den hohen Masten über die Fahrbahn gossen. Seine Fingerspitzen tasteten über die geschwollenen Adern.

»Du verklärst ihn bis heute«, hatte Ruth gesagt.

Lothar strampelte die Decke von den Beinen. Als er aufstand, rutschte die schmerzhafte Kralle unter seiner Schädeldecke Richtung Scheitel. In der Küche trank er ein Glas Wasser. Das rohe Fleisch lag noch immer in der Marinade, winzige Ingwerstückchen klebten wie Maden im gräulichen Rot. Auch der Terrassentisch sah aus wie gestern, Teller und Gläser, über Nacht beschlagen. Er stieg langsam in den Keller hinunter, klaubte verschwitzte Laufsachen aus dem Korb und ließ die Tür angelehnt, bevor er die Steinstufen zum Garten erklomm. Die Luft roch nach feuchter Erde, legte sich angenehm kühl um seine Fesseln. Zur Brücke trottete er gemächlich, dann zog er leicht an und richtete die Aufmerksamkeit auf seinen Atem, bis die ein- und ausströmende Luftsäule seine Gedanken schluckte und in seinem Kopf nichts blieb als Schmerz, eine funkelnde Klinge, die – über dem rechten Auge einsetzend – durch konturloses Halbdunkel schnitt. Ihm begegnete niemand, bis auf einen Fuchs, der ihn mit gesenkter Schnauze an der Kiesgrube empfing, um dann mit zwei eleganten Sätzen im Wald zu verschwinden. Lothar sprang hinterher, lief querfeldein durch krachendes Unterholz, unter tief hängenden Ästen wegtauchend oder sie zur Seite schlagend, doch er bekam das Tier nicht mehr zu Gesicht. Eine Dreiviertelstunde nachdem er das Gartentor geöffnet hatte, schloss er es wieder hinter sich und schlüpfte in die Waschküche zurück. Er duschte lange unten im Gästebad, drehte den Griff der Mischbatterie in den blauen Bereich. Kalt trommelte der Strahl auf seine Stirn.

Bevor er das Haus verließ, wandte er sich um, eine Angewohnheit aus Pilotentagen, der Schnappschuss vor der vielleicht letzten Reise: Die Kissen der Sitzgruppe verrutscht, der Überzug auf dem Boden, der Wind hatte ein paar Blätter durch die offene Schiebetür auf den Teppich geweht. Ruth schien noch zu schlafen, von oben war nichts zu hören.

Er fuhr zum Flughafen, dessen Positionslichter den Himmel über dem Stadtwald milchig färbten. Obwohl erst kurz nach halb acht, bildeten sich schon lange Schlangen vor den Schaltern. Mit einem Kaffeebecher schlenderte er zur Piazza vor den Schleusen der Sicherheitskontrollen, setzte sich in einen Sessel und nahm die riesige, in der Höhe hängende Anzeigetafel in den Blick. Berlin-Tegel, Palma de Mallorca, Rom, Delhi. Er hatte sich nicht geirrt. Der nächste Flug nach Athen ging um zehn nach neun. Irgendeinen Anschlussflug gab es immer, und mit etwas Glück könnte er schon in der abklingenden Hitze des Nachmittags die schmalen Pfade auf einer der östlichen Inseln hinaufsteigen. Er hatte sofort den harzigen Geruch der Pinien wieder in der Nase, der ihn während seiner Wanderungen immer wieder überrascht hatte, den betörenden, in Schwaden aus der Macchia aufsteigenden Duft von Thymian. Anfangs hatte ihn die Neugier schon nach wenigen Tagen auf die nächste Fähre getrieben, später änderte sich sein Rhythmus, er ging vertraute Strecken erneut, um dem Wechsel der Landschaften und des Lichts auf die Spur zu kommen, folgte mehrfach einem trockenen Flussbett bis zu einem Kiesstrand, weil er nicht glauben wollte, dass die Menschenleere kein Zufall war. Einmal war er oberhalb einer Steilküste durch Dörfer gestreunt, deren restaurierte Häuser sich hinter Feldsteinmauern versteckten, wünschte, er selbst würde hier wohnen, könnte solch eine den Stürmen trotzende Festung besitzen, von der aus er abends in einem Transporter über staubige Serpentinen in den Hafenort rumpeln würde. Vor allem von der Stille bekam er nicht genug. Sie hatte, solange er dort gewesen war, seine Vergangenheit gelöscht.

Er hob den Becher an die Lippen. Gegenüber las ein Geschäftsmann Zeitung, den schmalen Lederkoffer wie einen Tisch auf den Knien. Eine ältere Dame sprach leise in ihr Telefon, fächelte mit der Hand Luft an ihre flaumüberzogene Wange. Das Prasseln der umspringenden Plättchen auf dem Anzeigefeld war ihm vertraut wie das Regenrauschen seiner Kindheit. Er ließ den Kopf ins Polster sinken – und hörte wieder Ruths Stimme.

»Weißt du noch, unser letzter Urlaub? Jakob, Merten, du und ich?« Natürlich konnte er sich an die Frankreichreise erinnern. An das Bauernhaus, das einen Kilometer vom Atlantik entfernt auf einem Hügel lag. An die Frau vom Touristik-Büro, die durch den hoch stehenden Mais geradelt kam, um ihnen die Schlüssel zu überreichen. Der erste Abend, als sie, weil Ruth es sich gewünscht hatte, trotz der milden Temperaturen ein Feuer im Kamin entzündet hatten. Jakobs aufgekratzt gute Laune, sein Bemühen, alle bei Stimmung zu halten – und der nachdenkliche Ernst, mit dem sie die Unterschiede zwischen Universität und Fachhochschule besprochen hatten, weil er für sein Luftfahrttechnikstudium noch zwischen den beiden Möglichkeiten schwankte. Nur sie beide, Vater und Sohn, zwei Gläser Rotwein auf dem Steintisch draußen vor dem Haus. Er konnte sich auch daran erinnern, dass Merten stundenlang hinter verschlossener Tür Musik gehört und an gemeinsamen Veranstaltungen nur teilgenommen hatte, um sie durch überhebliches Grinsen oder wichtigtuerisches Schweigen zu boykottieren. Und dieses Hüttendorf, von dem Ruth gesprochen hatte, als handelte es sich um das Waldheiligtum eines archaischen Ordens – ein Jägerversteck, wie er richtig vermutet hatte, als er die Wasserkanister in den Eingängen der von Farn bedeckten Gänge entdeckt hatte. »Ach das«, hatte später der Patron ihres Lieblingsrestaurants gesagt. »Da lauern wir den Zugvögeln auf, im Herbst, wenn ihr Touristen alle weg seid.«

Als er die Augen wieder öffnete, saß die junge Frau mit dem hochgesteckten Haar noch immer unbewegt wie eine Statue hinter dem Bildschirm des Informationsschalters. Er betrachtete sie gedankenverloren, dann stand er abrupt auf, fuhr mit der Rolltreppe ins Tiefgeschoss und ging durch menschenleere Gänge zurück zu seinem Auto.

Lothar parkte in der Goethestraße und fand in der Stichpassage zur Fressgasse ein offenes Stehcafé, in dem er, um Zeit totzuschlagen, die Lokalartikel der aushängenden Zeitungen durcharbeitete. Um kurz vor zehn stand er vor dem vierstöckigen Altbau an der Bockenheimer Anlage, in dem Merten seit einem Jahr ein Dachzimmer bewohnte, und drückte, weil nirgendwo eine Klingel mit seinem Namen zu entdecken war, gegen die Haustür. Widerstandslos sprang sie auf. Im Flur roch es nach gedünsteten Zwiebeln, ein hölzernes, mit roten Punkten bemaltes Laufrad lehnte an der Wand. Der Sisalteppich auf den Stufen war so alt, dass an einigen Stellen das Holz zwischen den Fasern durchschien. Die Hand schwer auf dem Geländer, stieg er die Treppen hoch. Im zweiten Stock begegnete ihm eine Frau; mit zur Wand gedrehtem Gesicht wartete sie, bis er an ihr vorübergegangen war, und blieb stumm wie ein Gespenst, als er ihr einen guten Morgen wünschte. Auf den letzten Schritten wurde das Stiegenhaus dunkler – die Fenster reichten nur bis zur dritten Etage –, dann stand Lothar in einem düsteren Flur, dessen Enden nicht zu erkennen waren. Hier oben staute sich die Wärme. Aus einem Raum zur Straßenseite hörte er leises Pfeifen, entfernt das Rauschen des Verkehrs.

»Merten?« Das Pfeifen hörte auf. »Merten?«, wiederholte er lauter. »Bist du da?« Lothar machte einen Schritt, etwas Hartes knirschte unter seiner Sohle, dann riss eine Tür auf: Ein Block grellen Lichts schnitt ins Dunkel, Merten stand im Rahmen, starrte ihn an, machte den Durchgang frei, und Lothar betrat das Zimmer seines Sohnes.

Ohne sich dessen klar bewusst gewesen zu sein, war Lothar bis zu diesem Moment davon ausgegangen, dass Merten ihn nie eingeladen hatte, weil er etwas zu verstecken hatte, eine andere oder neue Seite an sich, die er zu Hause nicht zeigen wollte oder konnte. Obwohl er keine Vorstellung daran verschwendet hatte, wie es in Mertens Zimmer aussehen könnte, hatte er dennoch erwartet, dass es unaufgeräumt sein würde, dass Kleider oder Fotos herumlägen, dass das Zimmer mehr provisorisches Lager, mehr Höhle als Wohnstatt sein würde. Doch nun stand er in einem schmalen Schlauch, in dem die gleiche penible Ordnung herrschte wie bei ihnen zu Hause. Es gab eine Matratze mit Tagesdecke, einen Korbsessel, einen Resopaltisch unter dem weit aufgerissenen Maul der Dachluke, ein Billy-Regal mit Kisten und wenigen Büchern. Die Küche bestand aus Kühlschrank, Kochplatte und einem Regalbrett für Tassen, Kaffee, Nudeln. Nirgendwo Überflüssiges, nichts gab Auskunft, alles wirkte auf deprimierende Weise an seinem Platz. Merten, der beim Türöffnen nur Shorts getragen hatte, war mit fahrigen Bewegungen in ein T-Shirt geschlüpft.

»Setz dich«, sagte er, wies auf die Matratze, während er sich selbst auf dem Drehstuhl am Tisch niederließ und die nackten Zehen versteckte, als würde er sich schämen. Lothar nahm Platz, breitete die Hände über die steil aufragenden Knie. Die Hitze war unerträglich. Augenblicklich hatte sich der Hemdstoff unter seinen Armen in feuchtwarme Klumpen verwandelt. Keine Spur einer Tätigkeit. Was hatte Merten eben getan? Auf dem faltenlosen Überwurf gelegen und an die Decke gestarrt?

»Unten war offen«, sagte Lothar dumm.

»Ja, ist kaputt.«

Erneut herrschte Schweigen. Und während Lothar sich in diesem Brutkasten umsah und Merten verlegen nickte, sobald ihre Blicke sich begegneten, wuchs in Lothar der Drang, sich zu offenbaren, er wollte reden, wie er es nie mit Merten getan hatte, am besten mit geschlossenen Augen. Das Bedürfnis war so stark, dass er die Kiefer aufeinanderpresste. Er wies zu einer Leiter, die neben dem Regal an der Wand lehnte.

»Und damit steigt man aufs Dach?«

»Da oben gibt es ein Podest, auf dem ich manchmal sitze«, sagte Merten, während er ihn noch immer lauernd beobachtete, ein schiefes Lächeln im Gesicht. »Willst du Kaffee? Ich mach uns Kaffee«, sagte er, sprang auf, hantierte mit dem Wasserkocher, löffelte Kaffeepulver in Becher, während Lothar das einzige Foto betrachtete, das an der Wand hing. Grauer Brei, aus dem gebogene, schwarze Linien hervortraten, die ungewöhnlichen Ausbuchtungen erinnerten entfernt an Chromosomen. Er versuchte nur zu sehen, was zu sehen war, aber es gelang ihm nicht. Nur widerwillig konnte er den Blick auf der Fläche halten. So verschwamm die Welt, wenn man sich hinter Sehschlitze zurückzog.

»Danke.«

Er nahm den Becher entgegen. Merten klemmte sich wieder an den Schreibtisch. Eine Weile sagten sie nichts. Stifte, Tesafilm und Schere lagen in einer Holzschale, die so aussah wie die, die er seinen Söhnen vor langer Zeit aus Afrika mitgebracht hatte, aber er konnte sich irren. Aus dem Flur waren Schritte zu hören, leise Musik, eine Tür musste offen stehen. Auch Merten schien zu lauschen. Dann nahm sein Sohn einen Schluck und setzte den Becher geräuschlos auf die Platte.

Lothar sah das Bild wieder an.

»Was war das eigentlich mal?«

»Was?«

»Etwas muss da gewesen sein, bevor du am Schärfering gedreht hast. Ein Haus zum Beispiel oder eine Wiese.« Oder die Überreste eines Busses, in dem gerade eine Bombe hochgegangen war.

»Ich weiß nicht. Kann mich nicht erinnern.«

Lothar hatte nichts anderes erwartet. Sie betrachteten beide das Foto. Die grauen Schattierungen konnten Wasser sein. Das Meer, ein See oder eine Pfütze. Nein. Eher eine Betonfläche.

»Wer ist das da draußen? Was macht der da?«, fragte Lothar, weil die Schritte nicht aufhörten.

»Nichts. Er geht auf und ab, während er lüftet.«

»Studiert der auch?«

»Nein. Er arbeitet in einem Hotel.«

Lothar trank einen Schluck von der Brühe.

»Ich habe auch mal in einer Wohngemeinschaft gewohnt. Oder in so etwas Ähnlichem. Während der Ausbildungszeit.« In Wirklichkeit war es ein Wohnheim gewesen, ein

Hochhaus am Rande der Stadt, in dem jeder Auszubildende ein Appartement hatte. »Macht ihr manchmal was zusammen? Ich meine, alle, die hier auf der Etage wohnen?«

Der Anflug eines hämischen Lächelns erschien auf den Zügen seines Sohnes und verschwand gleich wieder. Er sollte besser gehen.

»Gut«, sagte Lothar, schlug mit den Handflächen auf die Knie. »Wollte nur kurz vorbeischauen. Du hast bei dem guten Wetter sicher noch etwas vor.« Doch statt aufzustehen, blieb Lothar sitzen. »Ich hatte immer das Gefühl, dass es für dich und deine Mutter eine Art Unfall war«, sagte er. »Als wäre Jakob, ich weiß nicht, bei einem Verkehrsunfall …« Er schüttelte den Kopf. »Deine Mutter und du. Aber ich kann das nicht. Wenn ich an diesen Mann denke, dann will ich …« Er sprach nicht weiter, dann doch. »Dann will ich ihn umbringen. Ja, ich will ihn umbringen. Ich kann nichts dagegen tun. Ich will seinen Kopf packen und ihn an der Kante eines Bordsteins zerschmettern.« Er lehnte sich an die Wand, nur für einen Moment, in dem er sich der Müdigkeit überließ. »Ich darf so etwas nicht sagen. Ich darf darüber überhaupt nicht sprechen.« Er sah Merten an, dessen entsetzter Gesichtausdruck ihm seine Entgleisung spiegelte. Er holte tief Luft. »Ich gehe besser.« Er erhob sich und machte zwei schwankende Schritte. Merten verfolgte jede seiner Bewegungen wie die eines gefährlichen Tieres, bis er wortlos die Tür hinter sich schloss.

Der Flur war dunkel. Von irgendwoher hörte er wieder leise Musik. Versehentlich trat er gegen einen Aschenbecher auf dem Treppenabsatz, der scheppernd gegen die Wand stieß. Er ging die Stufen hinunter. Dann stand Lothar vor dem Haus, in der Hitze des Vormittags. Über den dreispurigen Ring hinweg sah er die besetzten Terrassen der Cafés und Restaurants auf dem Opernplatz, die großen Sonnenschirme, flach wie überdimensionierte japanische Kopfbedeckungen.

An dem Tag, an dem Jakob ermordet worden war, stieg Lothar, nachdem die Beamten wieder gegangen und Ruth und ihn mit der Neuigkeit allein gelassen hatten, ins Auto und fuhr zum Sportplatz, um Merten zu sagen, was geschehen war. Lothar parkte vor der Schranke und ging an der Halle vorbei auf das Gelände. Schon von Weitem hörte er die Rufe der Spieler. »Hier«, »Zu mir«, »Hab ich«. Auf einer abgesteckten Rasenfläche spielten zwei Mannschaften – jeder Spieler durfte den Ball nur einmal berühren, mit hoher Geschwindigkeit schoss die Kugel von einem Fuß zum anderen. Lothar verfolgte die geschickten Bewegungen seines Sohnes, seine schnellen Reaktionen, sah die Konzentration in seinem erhitzten Gesicht. Als Merten ihn endlich entdeckte, blieb er abrupt stehen, einen langen Moment blickten sie sich in die Augen, dann kam er im Laufschritt näher, ein tapferes Lächeln im Gesicht, wissend, dass Lothars Erscheinen nichts Gutes bedeuten konnte.

Jetzt drehte Lothar sich um, stieß die schwere Haustür auf und nahm, während er erneut in den obersten Stock hinaufstieg, drei Stufen mit jedem Schritt. Mertens Tür war geschlossen. Sie hatten schon im Auto gesessen, auf dem Weg nach Hause, als Lothar, ohne seinen Sohn dabei anzusehen, gesagt hatte: »Ich wünschte, ich wäre nie Vater geworden.«

Er klopfte, dann drückte er die Klinke, ohne auf Antwort

gewartet zu haben. Merten saß noch immer am Tisch und blickte ihn überrascht an.

»Ich bin gekommen, um mich zu entschuldigen. Ich weiß, dass ich vieles nie wiedergutmachen kann. Es tut mir leid.«

»Geh«, rief Merten. »Verschwinde doch endlich.«

Ruth tat, was sie noch nie getan hatte: Sie legte einfach auf.

Die Frau gab sich Mühe, verzweifelt zu klingen, aber aus den Tiefen ihrer Niedergeschlagenheit klang eine Spur freudige Erwartung durch, deren besitzergreifende Klauen sich immer tiefer in Ruths Gehör gruben. Ruth drückte, den Hörer am Ohr, den Fuß gegen die Heizungslamelle, um ihre Ungeduld zu zähmen. Die Frau würde sich nichts antun, sie war nur einsam. Ruth lockerte den Griff, drehte den Kopf, um den Nacken zu entspannen. In der Innenseite des Bechers, der im Laufe des Vormittags zahlreiche Kaffeestempel auf dem Schmierpapier hinterlassen hatte, klebte eingetrockneter Milchschaum. Sie presste Daumen und Mittelfinger gegen die Nasenwurzel.

»Wissen Sie was? Wieso gehen Sie bei dem schönen Wetter nicht spazieren? Ein Spaziergang wirkt manchmal Wunder.« Dann legte sie auf. Einen Moment saß sie regungslos, überrascht von sich selbst, bevor sie die Zentrale anrief und sich aus dem Verteiler nehmen ließ.

»Monika, kannst du mir einen Gefallen tun? Ich kann heute nicht. Mir fehlt einfach der Humor für diese Simulanten.«

Dann war es endlich still. Sie horchte wieder, während

ihr Blick über das Papier glitt, auf dem sie während der Gespräche mit grünem Filzstift Häuschen und Figuren gezeichnet hatte. Etwas war anders. Die Ordnung des Hauses, die Vertrautheit der Räume, ihr empfindliches Wechselspiel war gestört. Die Rückenlehne des Bürostuhls schwang widerstandslos zurück, als sie den Rücken sacht dagegenlehnte.

Sie stand auf, ging in den Flur, lauschte nach oben, in den weiten, von den Schrägen der Treppe zerteilten Raum bis unters Dach. Nichts. Die Tür zur Waschküche war geschlossen. Dahinter lagerten noch immer Mertens Kanister mit den Chemikalien, das unförmige Belichtungsgerät, das er bei seinen Dunkelkammersitzungen auf die Kommode hob, bevor er jede Türritze akribisch abklebte, bis kein einziger Lichtpunkt mehr in die Schwärze stach. Sie drückte die Klinke – alles unverändert: Mertens Sachen, von einem Laken verdeckt, die Trommel der Waschmaschine, offen wie immer. Sie ging nach oben, langsam, als könnte ein unvorsichtiger Schritt das Ungleichgewicht vergrößern. Auch in der Küche fiel ihr nichts auf. Im Wohnzimmer hob sie die Decke, die Lothar liegen gelassen hatte, vom Boden, rückte das Sofa zurecht, während sie jedes Luftzittern erfasste. Die Bodenvasen, die schwarzen Boxen, die nachtblaue Schale auf der Anrichte. Dann entdeckte sie unter dem Couchtisch eine Visitenkarte, die Lothar aus der Hose gerutscht sein musste. IWH-Produkte. Formenkonstruktion und Produktentwicklung. Peter Gründberg. Geschäftsführer. Sie betrachtete die auf der Rückseite aufgedruckte Anfahrtsskizze, das Gewirr aus blauen Linien, in dessen Zentrum ein roter Sie-finden-uns-hier-Punkt saß. Sie trug die Karte in Lothars Arbeitszimmer hoch und legte sie auf den Schreibtisch.

Im Bad wusch sie sich die Hände, betrachtete im Spiegel ernst die Falten in ihrer Stirn. Sie sah die grauen Strähnen in ihrem Haar, Polster hatten sich unter ihren Lidern gebildet, aber der Blick ihrer Augen war noch immer klar.

»Wieso lassen wir nicht alles, wie es ist?«, hatte Lothar aufgebracht gefragt, als sie Jakobs Zimmer auflösen wollte. »Wir müssen nichts ändern. Das Haus ist doch groß genug.«

»Aber ich kann das nicht. Ich kann nicht jeden Tag an einem Zimmer vorbeigehen, das so aussieht, als würde Jakob jeden Moment wiederkommen.«

Eines Morgens, während Lothar auf Reisen gewesen war, hatte sie Jakobs Kleider in Plastiksäcke gestapelt, sie in den Kofferraum ihres Wagens geladen und war damit zum Gemeindezentrum gefahren, wo sie alles in die Kleiderbox neben den Glascontainern warf. Als Lothar wiederkam, lagen Schrankwand und Bett auf dem Sperrmüll, Jakobs Schreibtisch war im Vorratsraum verschwunden und statt des braunen Teppichs bedeckte Laminat den Boden. Für die Stirnseite des Zimmers hatte sie eine Biedermeierkonsole gekauft, auf der neben einem Foto von Jakob immer ein Strauß frischer Wiesenblumen stand – in den Schubladen verwahrte sie all jene Dinge, die sie weder wegschmeißen noch als Erinnerungsstücke in Schalen oder Konsolen deponieren konnte. Sachen, die bis heute keinen Ort gefunden hatten und sie in leichte Panik versetzten, wenn sie an sie dachte. Der Rollschuh mit dem zerrissenen Lederriemen, das Aufsatzheft, in dem Jakob wiederholt »nigs« statt

»nichts« geschrieben hatte. Der schiefergraue Stein, den sie nach seinem Tod in einer Schublade des Schreibtischs gefunden hatte, als hätte er für ihn eine besondere Bedeutung gehabt.

Die Tür war angelehnt gewesen. Sie hatte gezögert, dann klopfte ihr Fingerknöchel leicht gegen das Holz.

Jakob hatte noch im Bett gelegen, er grunzte, als sie seinen Namen nannte.

»Darf ich reinkommen?« Sie machte zwei Schritte und setzte sich auf einen Hocker, ohne den Stoß dreckiger Wäsche heruntergenommen zu haben. Es hatte nach kaltem Zigarettenrauch und abgestandener Luft gerochen. Sie hätte gern das Fenster geöffnet, vor dem ein dunkelrotes Tuch den Vorhang ersetzte und den Raum in schummriges Licht tauchte.

Ihr Sohn wandte sich um, grunzte noch einmal und sah sie aus verquollenen Augen an.

»Schon spät?«

»Zwölf.«

Er schloss die Augen wieder. Er hatte die Knie angezogen, die Decke ließ nur sein Gesicht frei. Das verstrubbelte Haar, die niedrige Stirn, die Wangen, deren Haut glänzte. Sie wusste, dass er freundlich sein würde. Er bot keine Angriffsfläche, anders als Merten. Er hatte schon immer darauf geachtet, die Erwartungen, die man an ihn stellte, auch zu erfüllen. Gute Noten, Interesse für das, was andere sagten. Zielstrebigkeit. Es fiel ihm nicht schwer, zuvorkommend zu sein. Er wusste, dass ihn die Menschen mochten, und nahm diese Tatsache als sportliche Verpflichtung. Selbst jetzt noch, kurz vor seinem Abitur, tat er seinem Vater den Gefallen und fuhr mit ihm zum Segelfliegen. Was er für diese Vorbildhaftigkeit als Gegenleistung forderte, war klar: seine Ruhe. Ruth wusste nicht, wie sie anfangen sollte. Er war blass geworden, seit er in diesem Spielsalon arbeitete, kam, seit er auch noch Besitzer eines waldgrünen Mini war, oft erst in den Morgenstunden nach Hause und machte, wenn er nicht den Sunnyboy spielte, einen zermürbten Eindruck. Nachts hörte sie ihn manchmal in kurzen, abgehackten, wie mit dem Zigarettenrauch hervorgestoßenen Sätzen telefonieren.

»Kann ich dir irgendwie helfen?«, fragte sie.

Jakobs Mund verzog sich zu einem gütigen Lächeln.

»Hast du Angst wegen der Abiklausuren? Brauchst du nicht. Wirklich nicht. Die Lehrer stehen alle auf meiner Gehaltsliste.«

»Mach keine Witze. Ich meine es ernst. Wenn du Sorgen hast oder in Schwierigkeiten steckst ... Du kannst dich immer an mich wenden. Mit allem, hörst du?«

Er sah sie aus eisblauen Augen an.

»Ach Mamilein. Wobei willst du mir denn helfen?« Plötzlich war sein Arm unter der Decke aufgetaucht. Freundschaftlich hatte seine Faust gegen ihr Knie gestupst. »Nein, nein«, sagte er. »Aber danke für das Angebot.«

Sie stand noch immer vor der Tür, die Hand auf der Klinke, als das Telefon sie aus der Erinnerung riss. Sie horchte einige Male auf die ansteigende Tonfolge, bevor sie die Treppe hinunterging, abnahm und ihren Namen sagte.

»Spreche ich mit Ruth Wilber?«

»Ja«, sagte sie.

»Mein Name ist Mahlke. Joachim Mahlke. Ich bin der

Sozialarbeiter von Kai Vogler. Sie haben morgen einen Besuchstermin. Das stimmt doch, oder?«

Sie schwieg, dann setzte sie sich und fragte:

»Will er den Termin absagen? Hat er Sie beauftragt, mir das zu sagen?«

»Nein«, sagte der Mann. »Herr Vogler weiß nicht, dass ich Sie anrufe. Ich wollte mich nur bei Ihnen melden. Ich habe gelesen, dass Sie nicht zum Prozess gekommen sind. Auch nicht zur Urteilsverkündung.« Als sie nichts sagte, fuhr er fort: »Und jetzt machen Sie diesen ungewöhnlichen Schritt. Ich nehme an, Sie wissen, dass das, was Sie vorhaben, ungewöhnlich ist.« Er machte eine Pause, als wollte er ihr die Möglichkeit geben, sich zu erklären. Aber Ruth schwieg. »Ich wollte Ihnen für diesen Besuch meine Unterstützung anbieten.« Er wartete wieder.

»Und wie?«, fragte sie.

»Ich bin gern bei dem Treffen dabei, wenn Sie möchten.«

»Nein«, sagte sie schroff. »Das ist nicht nötig.«

»Es war nur ein Vorschlag.«

Sie wandte sich zum Fenster und schaute hinaus. Die gezeichneten Blätter der Robinie schwankten leicht.

»Was ist das für ein Raum?«, fragte sie. »Gibt es eine Scheibe zwischen uns?«

»Wollen Sie eine Scheibe?«

»Nein. Ich will keine Scheibe.«

Er atmete geräuschvoll ein, als wollte er etwas erwidern, schien es sich aber anders zu überlegen.

»Es ist ein einfacher Raum, in dem Sie sich an einem Tisch gegenübersitzen.« Sie schwiegen wieder. »Erwarten Sie bitte nicht zu viel«, sagte er nach einer Weile.

Durchs Fenster sah Ruth den Sonnenschirm, an dessen Aluminiumverstrebung seit gestern Abend das Windlicht hing. Sie sah das türkisfarbene Wasser, auf dem ein paar Blätter trieben, und die geschlossenen Jalousien des Nachbarhauses, während sie sich mit dem Handballen Tränen von der Wange wischte. Als der Mann nichts mehr sagte, legte sie auf.

Die Stadt war zum Käfig geschrumpft. Überall, wo Merten nach dem Besuch seines Vaters hätte hingehen können, wollte er nicht sein. Schließlich fuhr er ins Senckenberg-Museum, doch als er den Saal betrat, in dem sich die Knochengerüste der Saurier mit ihren geschwungenen Halswirbelsäulen bis unter die Decke hoben, hallte lautes Stimmengewirr durch den Raum wie in einer gekachelten Schwimmhalle. Fünfzig oder sechzig Schüler, alle mit Zettel und Stift ausgestattet, drängten sich um die Beschriftungstafeln zu Füßen der Riesenechsen, kritzelten auf ihre Papiere, rannten zum nächsten Exponat oder in die anschließende Halle zu den Schaukästen mit den ägyptischen Mumien. Unschlüssig verfolgte er das Treiben, dann betrat er den Fahrstuhl.

Früher war er mit seinem Bruder manchmal hier gewesen, an Sonntagvormittagen setzten ihre Eltern sie vor dem Museum ab, wenn Jakob keine Lust auf das Matineekonzert hatte, das ihre Eltern besuchten. Ihr Vater drückte Jakob Geld in die Hand – »Pass gut auf deinen Bruder auf« –, und drei Stunden später fuhr der Wagen wieder vor. Sie liefen als Erstes zu dem Grube-Messel-Raum, weil das Licht dort blau war und es die Versteinerung eines buckligen Urpferdchens gab, nicht größer als ein Dackel. Sie mochten auch die Mammutnachbildung mit den mächtigen Stoßzähnen, die an der Wand befestigten Rippenbögen des Finnwals, doch meistens zog Jakob ihn zu den Sauriern oder der Anakonda, die beim Verschlingen eines Wasserschweins erstickt war. Der Anblick des Tyrannosaurus Rex wühlte seinen Bruder jedes Mal auf. Mit großen Gesten beschrieb Jakob ihm die Landschaft, in der das Monster sich auf den Hinterläufen seinen Opfern näherte. Jakob stellte sich vor, das Skelett als Marionette nachzubauen, wofür er Knochen und Wirbel mit einer Laubsäge ausschneiden und mit dem Taschenmesser zurechtschnitzen würde. Er berechnete, wie viel Faden nötig wäre, um mit solch einer Puppe herumzuspazieren. Vor der Schlange, aus deren geweitetem Maul nur noch Unterleib und Hinterbeine des Schweins ragten, malte er sich aus, wie es wäre, wenn auch Menschen ihren Unterkiefer aushängen könnten. Äpfel, Brote, Würstchen – man könnte alles unzerkaut verschlingen, »auch Wellensittiche oder Mäuse«, sagte er und beschrieb das Kratzen von Fell im Hals, dass es Merten vor Ekel schüttelte. Damals musste Jakob alles, was ihn interessierte, anfassen, betasten, untersuchen. Es war ein Zwang. Es bereitete ihm Schmerzen, wenn er nicht berühren durfte, was er wollte. Wo er hinkam, nahm er Dinge in die Hand, und wenn das nicht ging, zog er Merten zu sich, schlang den Arm um seinen Hals, presste seine Schulter und beruhigte sich erst, wenn er den ersehnten Gegenstand durch Fantasien oder Erzählungen doch noch an sich reißen konnte. Besonderes Vergnügen bereitete es ihm, wenn Merten Teil seiner Experimente wurde, wenn er sich an dem Schauder erfreuen konnte, den seine Geschichten in Merten auslösten. Als Versuchskaninchen ließ er ihn in selbst gebaute Höhlen krabbeln, um sie über ihm zusammenstürzen zu lassen. Als Geisel begruben Jakob und seine Freunde ihn bei Waldspielen unter Laub, wo Merten dann im Rascheln der Blätter lag, um nach stundenlangen Kämpfen von der anderen Partei befreit zu werden. Er war gern Jakobs Spielzeug gewesen. Es trieb ihm wohlige Schauer über den Rücken, wenn Jakob oder seine Kameraden ihn in Schränke sperrten, wie einen Sack Zement über Baustellen schleppten oder ihn als Wasserleiche im Pool treiben ließen. Er mochte es, Teil von Jakobs abenteuerlicher Welt zu sein, ihr Herz, ihr regungsloses heimliches Zentrum. Doch dann, ohne zu wissen warum, hatte er schlagartig keine Lust mehr auf Jakobs Spiele gehabt. »Ach, komm schon«, hatte Jakob gesagt, ihn wie gewohnt gepackt und erst von ihm abgelassen, als Merten den Ellbogen mit Wucht gegen sein Brustbein rammte. Danach hatte Jakob ihn in Ruhe gelassen. »Ach, mein kleines Brüderchen«, hatte er gesagt, wenn Merten ihm und seinen Freunden begegnete. Nur in Begleitung ihrer Eltern hatte er seine Herablassung gezügelt.

Im Restaurant war es stiller. Die wenigen Gäste saßen auf einem tiefen Balkon, Merten fand einen Platz und bestellte eine Apfelsaftschorle. Die Arme auf den Tisch gestützt, beobachtete er die Flagge, die vor dem Museumseingang träge in der Brise schwang.

Er hatte seinen Bruder nur ein einziges Mal in der Spielhalle besucht, im Herbst nach dem Frankreichurlaub. Merten war durch den abgedunkelten Raum an den blinkenden Automaten vorbei zu der Frau gegangen, die an der

Kasse saß. Bevor sie auf die Idee kommen konnte, seinen Ausweis zu verlangen, fragte er nach Jakob. Winzige Risse entstanden im Make-up ihrer stark geschminkten Stirn, während sie ihn taxierte, dann legte sie kaum merklich den Kopf zur Seite: »An der Theke«, sagte sie. Der Teppichboden schluckte Mertens Schritte. Wortlos spielten ein paar Männer Billard, außer dem Klacken der Kugeln war kaum etwas zu hören. Der Tresen war leer, und weil er nicht wusste, was er sonst tun sollte, betrat er einen holzvertäfelten Gang, über dem ein WC-Zeichen leuchtete. Er hörte den Strahl eines Wasserhahns, dann öffnete sich die Tür zum Herrenklo, und Jakob stand vor ihm. Leinenhemd, weiße Schürze. »Was machst du denn hier?«, fragte er überrascht. »Du musst damit aufhören«, sagte Merten. »Bitte hör damit auf. Du *musst* damit aufhören.« – »Wer hat dich überhaupt reingelassen? Komm, ich spendier dir 'ne Cola«, sagte Jakob.

Und dann hockte Merten an der Bar und sah stumm dabei zu, wie sein Bruder Gläser spülte, sie polierte und ins Regal hinter sich stellte. Wie er sich eine Zigarette ansteckte, rauchte und die Zigarette am Rand des Abflussblechs ablegte, um für einen der Spieler ein Bier zu zapfen, während er seinen kleinen Bruder hin und wieder mit einem freundlichen Blick bedachte. Und je länger Merten bei Jakob saß, seine ruhigen Bewegungen und Handgriffe beobachtete und den knappen Wortwechseln der Spieler lauschte, desto unwahrscheinlicher kam es ihm vor, dass er in dem Glauben hier hereingestürmt war, Jakob von etwas abbringen zu können, in der Vorstellung, auch nur irgendeinen Einfluss auf das Tun seines Bruders zu haben.

»Was hast du gesagt?« Jakob hatte die Zigarette ausgedrückt.

Merten hatte nur den Kopf geschüttelt.

»Ist hier eigentlich immer so wenig los?«

Und dann, Monate später, hatte auf einmal einer von Jakobs Bekannten neben ihm an der Straßenbahnhaltestelle gestanden. Er trug eine blaue Daunenjacke, schien aber trotzdem zu frieren, denn während er begann, über Jakob zu sprechen, trat er von einem Bein aufs anderen.

»Hör zu, dein Bruder steckt in Schwierigkeiten«, sagte er, ohne Merten anzusehen. »Am Anfang war das ein Witz, Kinderkram, ein Spiel. Aber dein Bruder bekommt den Hals nicht voll. Der will keinen Spaß, der will richtig Geld verdienen. Viel Geld, mit so wenig Aufwand wie möglich.« Er zog die Nase hoch.

»Was für Schwierigkeiten?«, fragte Merten, doch der andere schien ihn nicht gehört zu haben.

»Ich komme nicht mehr an ihn ran. Dein Bruder weiß nicht mehr, wo der Feind steht«, sagte er. Er sah Merten fragend an, die Schultern hochgezogen. Und drehte sich um und ging davon.

Einige Wochen vor seinem Tod kam Jakob schließlich selbst. Mitten in der Nacht riss Merten die Augen auf, weil er das Gefühl hatte, nicht allein im Zimmer zu sein. Den Oberkörper auf den Ellbogen gestützt, sah er in die Dunkelheit, dorthin, von wo das leise Quietschen der Stuhlfederung kam.

»Jakob? Bist du das?«

Langsam hob sich die Silhouette einer Gestalt ab. Die Umrisse von Jakobs in der Luft wippendem Fuß, sein Bein, der eckige Rumpf.

»Tja, Brüderchen.«

»Was ist?«

»Ich brauche Geld.«

»Wie viel denn? Ich hab keins.«

»Weiß ich doch. Das weiß ich doch. Aber vielleicht kannst du dir was leihen?«

»Von wem?«

»Was weiß ich? Von deiner Buchschlager Freundin oder diesem Arztsohn vom Sachsenhäuser Berg.«

»Verkauf doch dein Auto. Oder deine Klamotten«, sagte Merten.

Jakob kicherte leise.

»Ich brauch viel mehr.«

Merten konnte sein Gesicht noch immer nicht erkennen, nur den Schimmer auf seinem zum Pferdeschwanz gebundenen Haar.

»Dann geh zu Mama. Oder zu Papa. Der gibt dir was.«

Sein Bruder lachte kurz auf.

»Das würde Papa mir nie verzeihen. Unmöglich. Nie.« Merten wartete, aber Jakob sagte nichts mehr, saß regungslos im Dunkeln. Dann griff er nach einer Zigarettenpackung auf dem Schreibtisch, mit einer ungeduldigen Bewegung, deren Fahrigkeit Merten so vertraut war, dass er für einen Moment glaubte, die Schachtel läge in seiner eigenen Hand. Das Kratzen des Feuersteins und die aufstechende Flamme, die Jakobs Züge ins Licht tauchten, waren in seiner Erwartung eins – doch statt sich eine Zigarette anzustecken, stand Jakob auf, und erst an der Schwerfälligkeit, mit der er sich aus dem Stuhl drückte, merkte Merten, dass sein Bruder betrunken war. Schwankend stand er im Raum, bevor er mit langsamen Schritten auf die Tür zusteuerte. »Schlaf, Brüderchen, schlaf einfach weiter«, murmelte er, während er im Vorbeigehen Mertens Kopf ins Bett drückte, genauso wie er ihn früher im Pool unter Wasser getaucht hatte.

Am Nachbartisch kämpfte ein Junge von fünf oder sechs Jahren mit den Nudeln auf seinem Teller, während sein Vater ihm erklärte, worin der Unterschied zwischen der Stein- und der Kreidezeit bestand. Draußen auf dem Bürgersteig gingen zwei junge Männer in kurzen Hosen und mit Flipflops an den Füßen. Sie hatten ihre T-Shirts ausgezogen und als Schutz vor der Sonne um den Kopf gebunden. Merten zog sein Mobiltelefon aus der Gesäßtasche, betrachtete das kupferfarbene Gehäuse und den dunklen Bildschirm, der aufleuchtete, als er eine Taste drückte. Anrufe. Menü. 13.40. Der Umriss des Batteriezeichens war zur Hälfte gelb. Er drückte die Taste zur Wahlwiederholung, wartete, dass sich die Verbindung aufbaute, und lauschte der maschinellen Ansage, an deren Ende Miriams Stimme ihren Namen sagte.

Lothar leistete allein die Arbeit von zweien. Er zog den Rumpf aus dem Anhänger und montierte die Flügel, was nur möglich war, weil er ihn mit Holzbohlen stützte, die Flügel wie Flossen in der Mitte hielt und so lange austarierte, bis die Holme einrasteten. Er löste das Höhenleitwerk von der Flugzeughängerdecke und setzte es ein, verband die Anschlüsse für Ruder und Bremsklappen. Zum Schluss verklebte er die Spalten zwischen Rumpf und Flächen mit Isoliertape. Dann stand das Flugzeug aufgerüstet auf der Wiese, und Lothar war schon dabei, keuchend meterlange Vierkanthölzer auf der Schulter über die Wiese zur Schonung zu balancieren, wo er Eisenstäbe in die Erde getrieben und mit einem Faden ein Geviert für den Aushub markiert hatte. Während er langsam das Grundstück durchquerte, immer wieder innehaltend, um die schwankenden Latten ins Gleichgewicht zu bringen, war ihm, als erfasste er das Gelände zum ersten Mal in seiner ganzen Weite. Seit er das Gras geschnitten hatte, war es an einigen Stellen verbrannt, die kahlen Flächen dazwischen wirkten größer als in den letzten Tagen. Er warf die Last von der Schulter, lehnte sich an einen Baum – doch sobald er saß, kam das Bild zurück: Jakob in der Terrassentür, fragend zu ihm herblickend.

Er ging zum Flugzeug zurück, die Augen in der Mittagsgrelle zusammengekniffen, um das Gestrüpp am anderen Ende zu fokussieren, das er sich als Nächstes vornehmen würde. Dann lag auf einmal das vibrierende Mobiltelefon in seiner Hand.

»Ja«, rief er. Er lauschte der Stimme, die mit einem gemütlichen dialektalen Einschlag sprach, den er nicht auf Anhieb einordnen konnte. »Nein«, schrie er aufgeregt, »das ist großartig. Gleich, ich kann gleich losfahren«, rief er, während eine Schwalbe im Zickzack davonschoss und das Samennest einer Distel träge durch die Luft schwebte. Die Winde, die er im Angebot eines Onlineportals entdeckt hatte, stand in einem Dorf bei Saarbrücken zur Abholung bereit.

Im Gegensatz zu Lastwagen-Winden, die mit ihren bunten Verschalungen und den dick verglasten Führerkabinen Fantasiebulldozern ähnelten, saß dieses Modell – leistungsschwach, aber über Jahrzehnte bewährt – auf einem Hänger, den Lothar zwei Stunden später auf dem Hof eines Elektroinstallateurs zufrieden umrundete. Zwei Seiltrommeln, dazwischen der Autositz hinter einem Gitter, der den Windenfahrer im Falle eines Seilrisses vor dem wild gewordenen Stahl schützte. Pedale und Hebel für die Kupplungen, aber keine Abdeckungen oder Verblendungen, nichts, was überflüssig gewesen wäre. Ungeduldig folgte er den Erklärungen des vollbärtigen Mannes, der das »tausendprozentig zuverlässige Gerät« nur abstoße, weil sein Verein sich eine Elektrowinde angeschafft habe, zeichnete auf dem sonnenwarmen Dach seines Wagens den Scheck und lehnte die mehrmalige Einladung, auf einen Kaffee ins Haus zu kommen, freundlich ab. Ungläubig blickte der Mann ihm hinterher, als er mit dem guten Stück auf die Straße rollte. Vor Freude schlug Lothar zweimal aufs Lenkrad.

Selbst als ihn am späten Nachmittag die vertraute Kiefernstille Steinbachs empfing und er im Schritttempo an den Hecken und Zäunen vorbeirollte, konnte er noch immer kaum glauben, dass nun alles beisammen war. Immer wieder hatte er sich während der Fahrt im Rückspiegel vergewissert, dass seine Fracht sich nicht in Luft aufgelöst hatte.

Er hielt am Straßenrand, blieb aber im Auto sitzen und blickte zum Haus, in dem sie seit über zwanzig Jahren lebten. Trotz des weißen Anstrichs wirkte die Fassade abweisend, nichts deutete darauf hin, dass die Wände zum Garten fast vollständig aus Glas bestanden. Den größten Teil der Straßenfront nahm das breite Tor der vorgelagerten Garage ein, das einzige sichtbare Fenster gehörte zur Küche und war dunkel. Am liebsten wäre er einfach im Wagen geblieben oder gleich wieder gefahren – aber er fühlte sich zu erschöpft, um die Winde jetzt noch in den Odenwald zu bringen. Gegen sechs war er durch den morgenfrischen Stadtwald gerannt, hatte eine gute Stunde später im Sessel des Terminals seinen ersten Kaffee getrunken. Der Besuch bei seinem Sohn, die Fahrt zum Platz, der Ausflug an die französische Grenze: Bestimmt acht Stunden hatte er heute hinterm Steuer verbracht. Und den ganzen Tag auf Ruths Anruf gewartet. Das merkte er jetzt, während er zum Haus blickte.

Er stieg aus, ging über den Vorplatz und öffnete das Garagentor. Ruths silbergrauer Citroen stand auf ihrer Seite. Er manövrierte den Anhänger rückwärts auf den leeren

Platz, dann parkte er den Audi am Straßenrand, ging in die Garage zurück und zog das Tor von innen zu.

Als das Metall kratzend auf den Betonboden stieß, brannte nur noch die Innenbeleuchtung in Ruths Wagen; in der Stille hörte er das Knacken des Motorblocks. Er ging zur Beifahrertür, um das Lämpchen auszuknipsen, als sein Blick auf einen Umschlag fiel, der in der Klappe des offenen Handschuhfachs lag. Mit einem flauen Gefühl im Magen blickte er auf den gefalteten Papierbogen, der sich im aufgeklappten Kuvert zeigte. Eine Zeit lang hatte Ruth Briefe an ihren toten Sohn geschrieben, Briefe, die in solchen Geschäftskuverts steckten, auf deren Vorderseite der Name Jakobs stand. Sie hatten überall gelegen, auf Kommoden, Tischen oder Sesseln, sie hatten aus Manteltaschen geragt oder, zusammengeknickt, zwischen den Fächern ihres Portemonnaies gesteckt, als wisse Ruth nicht, wohin mit ihnen, als habe sie die passende Form der Zustellung noch nicht gefunden. Lothar hatte nie einen gelesen, nie nach ihnen gefragt, weil ihm vor dem Ausmaß ihres Schmerzes schauderte. Dann hatte er seine Frau eines Tages in der Küche an der Spüle gesehen, den geweiteten Blick abwesend auf ein brennendes Stück Papier gerichtet.

Seine Finger verstärkten den Druck gegen den Griff, mit leisem Schnappen sprang die Tür auf. Er nahm den Umschlag, drehte ihn um und stellte erleichtert fest, dass nicht Jakobs, sondern Ruths Name auf dem Adressfeld stand, in schwarzen großen Lettern. Als Absender der Stempel einer Justizvollzugsanstalt, wahrscheinlich einer von Ruths ehemaligen Anrufern, dachte Lothar, einer, den die Beratungen seiner Frau nicht hatten abhalten können – wovon auch immer –, ein gewisser Kai Vogler. In den Wagen gebeugt starrte Lothar auf diese zwei Worte, in Zeitlupe löste sich etwas in ihm, und als es eine Ewigkeit später aufschlug, breitete sich das Verstehen wie dunkle Farbe in seinem Bewusstsein aus. Vor Schreck keuchte er auf, schleuderte das Papier von sich.

Er ließ sich in den Sitz fallen, blickte minutenlang durch die Windschutzscheibe zu dem Turm aufgestapelter Winterreifen an der Wand, bis er den Umschlag zwischen Scheibe und Armaturen hervorklaubte, den Bogen herausnahm und las, dass der Mörder seines Sohnes bereit sei, seine Frau zu empfangen. Am 25. August. Das war morgen. Er schlug die Hände vors Gesicht, wollte schreien, weinen, die Scheibe zertrümmern, aber nichts davon geschah. Er saß nur da.

Lothar hatte nichts davon hören wollen. Nicht, dass er im Spielsalon betrunken randaliert hatte, bis Jakob ihn rausschmiss, dass er Tage später Jakob in der Nähe der S-Bahn auflauerte und, bevor Jakob etwas sagen konnte, das Messer zog. Nichts von der Verhaftung in einem Wettbüro, nichts davon, dass er nach der Tat weitergemacht hatte, als sei nichts gewesen. Lothar hatte die Berichte des Beamten stoisch erduldet und versucht, die Worte durch sich hindurchrauschen zu lassen wie ein Geräusch, wie eine Klangfolge ohne Bedeutung.

Erst jetzt fiel ihm auf, dass es im Wagen nach Ruths Parfüm roch, nach dem kräftigen, leicht säuerlichen Duft ihrer Locken. Er sah zur metallverstärkten Tür, die das Haus mit der Garage verband. Dahinter erstreckte sich der Flur, an der Küche vorbei bis zum Esszimmer mit der Stufe hinunter zum weiten Wohnraum. Er wünschte, Ruth würde kommen und ihn finden, den Brief in seinem Schoß, wünschte, dieses Spiel, dessen Regeln er nicht verstand, würde endlich zu Ende gehen.

Er schob den Bogen in den Umschlag und legte ihn ins offene Handschuhfach zurück. Er löschte das Licht, saß in der Dunkelheit, aus der langsam die Konturen der Dinge hervortraten, die – wie von Geisterhand geschoben – näher zu kommen schienen. Der Reifenblock, die Doppelkreise der an der Wand hängenden Fahrräder, die zusammengeklappte Tischtennisplatte, deren Ränder metallen glänzten.

Merten rief Miriam im Laufe des Tages noch mehrere Male an, während er sich durch die Stadt treiben ließ, obwohl er wusste, dass sie nicht abheben würde. Er hinterließ keine Nachrichten. Bei jedem Anruf klang ihr Name anders, bis er irgendwann glaubte, er lausche der Stimme einer Fremden.

Gegen vier – die größte Hitze war abgeklungen – stieg er die Stufen zu seiner Mansarde hoch, erschöpft, als hätte er eine Schicht im Café hinter sich. Auf den letzten Stufen blieb er stehen. Karls Tür war angelehnt. Licht fiel durch den Spalt auf das Linoleum des Flurs. Keine Musik, auch sonst kein Geräusch. Er hatte sich oft gefragt, womit Karl sich beschäftigte, wenn kein Laut aus seinem Zimmer drang, wenn er nicht herumging oder mit Töpfen und Geschirr hantierte. Schlief er?

Mit auffälligem Klirren kramte Merten den Schlüsselbund hervor. Dann ging er durch den Flur, drehte den Schlüssel im Schloss seiner Tür. Bevor er hineinging, wandte er sich um. Der Streifen Helligkeit lief von Karls Tür über den Boden und die Wand hinauf, hinter der Mertens Zimmer lag. Noch immer kein Lebenszeichen. Der Türspalt war so schmal, dass Merten nicht einmal den Teppich im Ausschnitt erkennen konnte. Merten machte einen Schritt, und dann stand er so nah, dass er in den anderen Raum sehen konnte, ohne zu wissen, was er sagen sollte, falls Karl ihn entdeckte.

Es war niemand da. Merten riss die Tür auf und starrte in ein leer geräumtes Zimmer, das kaum größer war als sein eigenes. Ein blauer Müllsack stand in der Ecke, daneben lehnte ein Besen. Auf dem Boden – anders als in seinem Zimmer – der gleiche gesprenkelte Belag wie im Flur. Die Luft war stickig. Durch die geöffnete Dachluke drang kein Wind, nur Verkehrslärm, viel lauter als auf seiner Seite. Es roch nach Sägespänen oder frisch geschnittenem Holz, obwohl er nirgendwo ein Brett entdeckte. Ein Waschbecken mit grauem Schmutzrand befand sich links, auch die münzgroßen Abdrücke von Tischbeinen waren woanders, als er gedacht hatte. Dort, wo er das Bett vermutet hatte, zeigten sich im Bodenbelag drei fingerbreite Kerben von einem Schrank. In der Wand unterhalb der Schräge steckten Nadeln, als hätte Karl dort Fotos oder Ansichtskarten befestigt. Merten schwindelte. Er hockte sich auf den Fußboden, versuchte sich zu erinnern, wann er Karl zuletzt gesehen, wann sie das letzte Mal einen Gruß getauscht hatten, aber es gelang ihm nicht einmal, sich sein Gesicht zu vergegenwärtigen. Er ließ den Kopf in den Nacken fallen, bis er gegen die Wand schlug. Dann noch einmal, und immer wieder. Seine Vorstellungen wichen wie Schimären vor ihm zurück.

Als Lothar die Garage über die Verbindungstür verließ, war es ruhig im Haus. Die Küche blitzte aufgeräumt, Teller und Gläser waren vom Terrassentisch verschwunden. Er füllte Espressopulver in den Aluminiumtrichter mit dem gestanzten Boden, schraubte das Kännchen aufs Wasserreservoir und wartete, bis die braune Flüssigkeit durch das Röhrchen gestiegen war. Er balancierte die Tasse durchs Esszimmer, hinauf zu seinem Arbeitsbereich und setzte sich an den Schreibtisch. Die Lichtkegel der in den Beckenwänden sitzenden Lampen fuhren wie weiße Finger durchs spiegelglatte Wasser. Auf dem Rasen lag ein zerknäultes Handtuch, das der Wind von der Liege getragen hatte. Im Keller ging eine Tür, mehr war von Ruth nicht zu hören.

Von Anfang an war dies sein Lieblingsplatz gewesen, der Zwanzigquadratmeterabsatz, der wie ein Ausguck zwischen Wohnzimmer und erstem Stock schwebte. Regalwände und schmale Fenster an beiden Seiten, so dass Lothar den vorderen Garten und – eine Kopfdrehung genügte – auch den hinteren Teil sehen konnte, die Rasenfläche und die Büsche und Birken am Zaun. Er hatte das Gewusel in seinem Rücken geliebt, während er Steuerformulare ausgefüllt, Fachbücher studiert oder einfach nichts getan hatte, die bestrumpften Füße auf der Kirschholzplatte: Das Geschrei der Kinder, schlagende Badezimmertüren, das Gedudel des Küchenradios, trippelnde oder stampfende oder über die Stufen jagende Schritte. Ruths Stimme, die hell aus dem Lachen der anderen herausklang, bei ihren spontan ausgerichteten Flugbegleiterinnen-Umtrünken auf der hinteren Terrasse, damals, als sie noch flog. »Lothar, bist du da?«, rief sie, wenn sie die Eingangstür aufstieß und volle Einkaufstüten in den Windfang wuchtete. »Ja«, hatte er geantwortet – und war noch zwei, drei Sekunden sitzen geblieben, den Stift oder ein Buch in der Hand, mit einem in den Nasengängen kitzelnden, ihm die Tränen in die Augen treibenden Gefühl von Fülle –, bevor er hinuntereilte, um ihr beim Einräumen der Schränke zu helfen.

Von hier aus sah er seinen Söhnen beim Schwimmen zu, bei ihren Salti vom Handlauf der Einstiegstreppe, bei den Torwartparaden vom Beckenrand, den Tauchgängen mit Brille, Schnorchel und Flossen, als gäbe es am Beckenboden Faszinierendes zu entdecken wie am Grund eines Meeres. Er hörte ihre nassen Füße – tapp, tapp, tapp – in der Küche, bevor sie den Kühlschrank aufrissen, in Windeseile eine Colaflasche leerten, die Tür wieder zuschleuderten und im nächsten Moment – Hinterteil voraus! – auf die Wasseroberfläche krachten. Nirgendwo war die Empfindung, seine Wünsche umgesetzt zu haben, so intensiv wie hier, nirgendwo die Gewissheit, der würdige Erbe eines Wissens zu sein, das weiterzugeben er gewillt und in der Lage war, so befriedigend wie in diesem Anbau, den er selbst erdacht und gezeichnet und dessen Fertigstellung er während langer Wochen überwacht hatte.

Vierundzwanzig Jahre war es jetzt her, dass sie der rüstigen alten Dame durch die Räume gefolgt waren, deren Enge – wie sie später feststellten – nur von den ausladenden Schränken und den Schwarz-Weiß-Fotos an den Wänden und dem Geruch nach Haarpuder rührte. Bewacht von schweren Kommoden hatten sie danach auf der Polsterung eines Kanapees gesessen, den Erzählungen der Witwe gelauscht und ihre mit feinem Lächeln untermalten Fragen beantwortet.

»Nehmen Sie doch noch.« Ihr knochiger Finger hatte auf die Porzellanschale mit den Keksen gewiesen. Sie ließ ihren Blick wohlwollend auf Ruths gewölbtem Bauch ruhen. Dann wandte sie sich Lothar zu.

»Wo, sagten sie, wohnen Sie?«

»In einer Mietwohnung auf dem Sachsenhäuser Berg.«

Sie nickte, und dann war wieder nur das Ticken der Standuhr von der Wand hinter ihnen zu hören. Die Stille war so tief, dass es Lothar war, als sei die Zeit stehen geblieben, als markierte der Schlag der Uhr das Vergehen des immer gleichen Moments.

»Wissen Sie, ich muss dieses Haus nicht verkaufen. Ich bin jetzt siebenundachtzig. Mein Mann ist schon seit zwei Jahrzehnten tot.« Sie lächelte ihr aristokratisches Lächeln. »Ich bin es gewohnt, allein zu sein. Aber zuletzt ...« Ihre Hand machte eine unbestimmte Geste, hin zu der hohen Schrankwand und einer der Kommoden, auf der ein Dutzend gerahmter Bilder standen. Eines zeigte sie als junge Filmschönheit mit fein geschnittener Nase, gewelltem Haar und in die Ferne gerichtetem Blick, dessen Verträumtheit nicht zu ihrer bodenständigen Ausstrahlung passte. Auf einem anderen lächelte ein junges Paar vor einem Bauernhaus mit schief hängenden Fensterläden, er im Anzug, sie im weißen Kleid, burschikos bei ihm eingehängt. Doch die meisten zeigten einen Mann in Uniform, mal allein, die Mütze in der Hand, mal in der Gruppe auf einem Feld, im Hintergrund ein Zeppelin, der mit Seilen am Boden befestigt war. »Ich habe den Eindruck, das Haus möchte langsam in andere Hände übergehen.«

Sie schwieg.

»Verstehe«, sagte Lothar.

»Tatsächlich?« Ihre Augen blitzten amüsiert. Dann schaute sie wieder ernst. Durchsichtige Inselchen trieben auf dem Tee in Lothars Tasse. »Es ist schwer, geeignete Käufer zu finden.« Lothar glaubte, dass Ruth, die noch kein Wort gesagt hatte, etwas erwidern wollte, aber sie bewegte sich nur auf dem unbequemen Polster und schwieg. Sie schwiegen beide. »Mein Mann war Offizier auf der *Hindenburg*, als der Zeppelin in Lakehurst explodierte. Er hat überlebt. Keine Verbrennungen, nicht ein Knochen gebrochen.« Sie sog ihre Wangen nach innen und saß aufrecht im Sessel, die schmalen weißen Hände gefaltet im Schoß. Dann lächelte sie aufmunternd. »Und was fliegen Sie, junger Mann?«

»Sieben-Drei-Sieben.«

Ihr Blick bekam etwas Wissendes.

»Sie stehen noch am Anfang. Sie haben noch keine falschen Entscheidungen getroffen.«

Lothar räusperte sich.

»Möchten Sie noch?«

Es war Ruth, die dies fragte. Sie beugte sich vor, griff den Henkel der Kanne, hob sie vom Stövchen und goss unter dem zufriedenen Blick der Witwe Tee in deren Tasse, wobei sie mit dem Zeigefinger der anderen Hand den Deckel auf den Kannenhals drückte.

»Danke. Kommen Sie aus einer Fliegerfamilie?«

»Nein«, sagte Lothar knapp.

»Kein Großvater oder entfernter Onkel, der geflogen ist?«

»Niemand. Ich bin der Erste.«

Sie schwieg wieder, den Kopf leicht zur Seite gedreht.

»Nun, falls Sie noch immer interessiert sind …«

Die Uhr tickte.

Lothar deutete eine Verbeugung an und sagte:

»Wir wissen Ihr Vertrauen zu schätzen.«

Als sie wieder auf der Straße standen, rief er: »Wir haben es! Wir haben unser Haus!« Rückwärts entfernte er sich von dem Gebäude, um es besser überblicken zu können. Die Garage mit dem verwitterten Holztor, das vergitterte Küchenfenster, das Satteldach – und rechts und links so viel Gestrüpp, das genug Platz für einen großzügigen Anbau blieb. Auch Ruth sah, die Hände in den Rücken gestützt, zur Fassade hoch, die in der Nähe des Dachvorsprungs dunkle Verfärbungen aufwies. Danach waren sie schweigend durch das Viertel spaziert, durch die unbefahrenen, sonntäglich stillen Wohnstraßen. Es war ursprünglich eine Fliegersiedlung einfacher zweistöckiger Häuschen gewesen, doch einige Grundstücke waren zusammengelegt worden, und dort standen nun Bungalows oder, weit vom Bürgersteig zurückgesetzt, mediterran anmutendende Landhäuser inmitten gepflegter Gartenlandschaften und geschwungener Wege aus

Trittsteinen. Trotzdem strahlte die Gegend noch eine freundliche Verschlafenheit aus, als legte der nahe Wald seine verwunschene Ruhe wie einen Schatten über sie, eine Ruhe, die von dem gemütlichen Surren eines Elektrorasenmähers hinter einer Hecke nur verstärkt wurde. Eine alte Frau auf einer Bank grüßte, als sie vorbeikamen. Zwei Kinder unterbrachen die Arbeit an ihren Kreidezeichnungen auf dem Asphalt und blickten ihnen neugierig hinterher. Sie hatten noch immer nicht gesprochen, auch nicht, als sie später mit dem Wagen langsam durch die Hauptstraße der Ortschaft gerollt waren – an der Gemeindehalle mit den Glas- und Altkleidercontainern, an dem Kindergarten und der Grundschule vorbei, in deren Hof sich ein Klettergerüst aus gespannten Seilen wie ein luft- und lichtdurchlässiges Indianerzelt aus dem weißen Sand erhob.

Innerhalb weniger Minuten war es dunkel geworden. Das Wasser hatte einen schmutzigen Grünton angenommen, als sei das Abendlicht, das bis eben noch auf dem Rasen und den Steinplatten der Terrasse gelegen hatte, ins Becken hineingesogen worden. Lothar hätte nur den Oberkörper nach vorn zu beugen brauchen – und er hätte durch die Scheibe das Fenster von Jakobs Zimmer sehen können; Jakob hatte oft auf dem Fensterbrett gesessen, um zu rauchen. Er dachte an Ruth und den Brief, den er vorhin gelesen hatte: Wie einsam sie sein musste. Oder wie zufrieden, eine Entscheidung getroffen zu haben. Er stellte sich vor, wie sie morgen ins Auto steigen würde, um zum Gefängnis zu fahren. Wie sie in der Nähe des Eingangs nach einem Parkplatz suchte. Wie sie ihre Handtasche aufklappen, den Ausweis aus der

Geldbörse ziehen und ihn am Empfang unter einer Scheibe hindurchschieben würde, während sie den Namen desjenigen sagte, zu dem sie wollte.

Er hielt Gründbergs Visitenkarte, die er auf seinem Schreibtisch wiederentdeckt hatte, noch immer in der Hand. Er hatte die Nummer inzwischen so oft gelesen, dass er sie auswendig kannte. Lothar nahm das schnurlose Telefon aus der Halterung und wählte die Ziffernfolge. Der einzige Nachteil des Segelfliegens: Man kam nicht allein in die Luft. In der Sekunde, bevor Gründberg abnahm, verzog sich Lothars Mund zu einem Lächeln.

»Herr Gründberg, Wilber hier, ich hoffe, ich störe nicht. Ich habe einen kleinen Anschlag auf Sie vor.« Er hörte sein eigenes Lachen. »Ja, noch einen. Ich wäre so weit. Startklar. Morgen. Wollen Sie dabei sein? Ich könnte Ihre Hilfe gut gebrauchen.«

Ruth lauschte Lothars telefonierender Stimme aus seinem Zimmer, dem vertraueneinflößenden Über-den-Wolken-Bass. In den Wochen nach Jakobs Tod hatte sie sich immer wieder ins Bad gesperrt. Auf dem Klo sitzend, hatte sie auf ihre weißen Füße gesehen, auf die Zehen, die sich unter ihrem Blick krümmten, hatte hektisch über ihren Oberarm gerieben, als könnte sie ihn abstreifen wie ein haariges Insekt – bis Lothars Flüstern von der anderen Seite der Tür durch ihr Schluchzen drang und sie beruhigte, umschloss und forttrug in eine farblose Weite, in der sie schwebte, in einen flammengesäumten Niemandsraum, in dem Lichtsplitter funkelten – bis seine Worte sie wieder in die rotzverschmierte Wirklichkeit zurückholten.

Ruth streckte den Kopf durch die Tür. Oben war es wieder ruhig. Sie ging – um ihn auf ihr Kommen vorzubereiten – zuerst in die Küche, wischte das Kochfeld, spülte umständlich den Milchtopf aus und schob ihn scheppernd in den Schrank. Endlich fand sie sich auf der Treppe wieder, die Hand auf dem glatten Holm des Geländers.

»Hallo.«

Der Bildschirm war dunkel, das Deckenlicht gelöscht, nur seine Schreibtischlampe warf ein helles Oval auf die

Platte. Lothar saß in seinem Arbeitssessel und blickte ihr entgegen.

»Hallo«, antwortete er.

»Stör ich dich?«

»Nein.«

»Möchtest du etwas essen? Ich dachte, ich mach noch was.«

Sein Blick rutschte durch sie hindurch ins Leere, dann war er wieder da.

»Nein.« Er lächelte kurz. »Nein, danke.«

Sie lächelte auch. Sie dachte an die Leere des Hauses, als sie am Morgen von der Kiesgrube zurückgekommen war. Zeug hatte herumgelegen. Er war da gewesen und schon wieder fort. Das eingelegte Fleisch fiel ihr ein, das sie am Vormittag auf dem Weg zum Auto in die Tonne geworfen hatte – etwas Schweres, Weiches in einer Flüssigkeit, umgeben von knisterndem Plastik –, bevor sie zum Einkaufen gefahren war, weil sie nach dem Anruf des Bewährungshelfers nicht wusste, was tun in diesem großen leeren Haus. Sie hätte sich am liebsten gesetzt, auf die oberste Stufe, Beine ausgestreckt, Rücken an der Wand, um nicht gezwungen zu sein, schon wieder etwas zu sagen, aber sie blieb stehen, die Hand noch immer auf dem glatten Holz.

»Was hast du heute gemacht?«

»Ich habe eine Winde abgeholt.« Dann fügte er hinzu: »Und ich war am Flughafen.«

Sie nickte, als wisse sie Bescheid. Dann setzte sie sich, die weichen Fasern des Teppichs berührten ihre Unterschenkel. Sie zog die Knie an die Brust, schlang die Arme um die Beine, sah ihn nicht an.

»In Griechenland«, sagte sie. »Als du einmal aus Griechenland angerufen hast, dachte ich, du sagst, dass du nicht mehr zurückkommst. Dass du dort bleibst.«

Sie wollte den Widerschein der Poolbeleuchtung auf der Rundung des Monitors nicht sehen, nicht den Ausdruck seines Gesichts.

»Ja«, sagte er nach einer Weile. »Diesen Gedanken gab es.«

»Hast du schon Häuser und Grundstücke besichtigt?« Ihre Stimme klang hoch und mädchenhaft.

»Hab ich, ja.«

»Mit Maklern geredet?«

Er schwieg.

»Auf welcher Insel?«

»Ruth!«

»Hattest du dein Haus schon gefunden? Dir ausgemalt, wie es wäre, dort zu leben? Ohne uns?«

Er schwieg, und sie hörte auf. Sie hatte noch nie eine Chance gegen sein Schweigen gehabt. Nur dass sie früher nicht dagegen hatte kämpfen wollen, weil sein Schweigen still und ohne Geheimnis gewesen war, weil es zu ihm gehört hatte wie das Kraushaar oder seine tiefe Stimme. Andere Jungpiloten hatten ihr damals Geschichten erzählt, von dem fiebrigen Moment, als der Virus sie befiel, vom Rausch des ersten Alleinflugs – alkoholbefeuerte Mythen, in denen viel von Zwang und Berufung die Rede war und die stammelnd oder mit ungläubigem Kopfschütteln endeten, wenn es darum ging, das, was so magisch anzog, in Worte zu fassen. Lothar dagegen hatte nie versucht zu erklären, warum er tat, was er tat. Die Fliegerei schien schon immer Teil seines Lebens gewesen zu sein, wie Essen oder Schlafen. Ein entfernter Bekannter seines Vaters habe ihn zum Segelfliegen mitgenommen, als er vierzehn war – mehr hatte er auf ihre Frage nicht gesagt. Sie hatte sein Schweigen gemocht, seine Wortkargheit, weil sie nichts zurückhielt, sondern ihrem Zusammensein etwas hinzufügte, etwas Drittes, das ihr wohltat. Nur im Beisein anderer hatte seine Rigorosität sie geängstigt. Als er sie zum ersten Mal zu seinen Eltern in eine westfälische Ortschaft mitnahm, saß er wie ein Fremder am Küchentisch seiner Kindheit. Eine unsichtbare Mauer verlief zwischen dem älteren Paar, das zeit seines Lebens die vertraute Gegend kaum verlassen hatte, und ihrem einzigen Sohn, dessen Leidenschaft und Ehrgeiz seine Eltern nicht verstanden. Ruth wurde mit der übertriebenen Herzlichkeit der Ratlosen empfangen, und vom ersten Moment an kam ihr die Rolle der Vermittlerin zu. »Wo fahrt ihr jetzt hin?«, hatte sein Vater nicht Lothar, sondern sie gefragt, als sie nach zwei anstrengenden Stunden wieder ins Auto gestiegen waren.

Und dann hatte sich sein Schweigen in rätselhaftes Brüten verwandelt, lauernd, feindlich, stachelbewehrt. In eiserne, zähneknirschende Stummheit. Und jetzt war sie es, die nicht sprach. Sie hob das Kinn vom Knie. Lothar betrachtete sie voller Argwohn.

»Ich hatte heute ein seltsames Telefongespräch.« Sie dachte an die tausend Ängste, die der Bewährungshelfer mit der Frage »Spreche ich mit Ruth Wilber?« in ihr ausgelöst hatte. »Ich habe das Jammern einer Anruferin nicht ertragen und aufgelegt. Ich hab einfach aufgelegt.« Sie schaute kurz auf ihre Knie, dann blickte sie wieder zu Lothar. »Der

Glaube, anderen Menschen helfen zu können, ist weg. Ich kann mir nicht mehr einreden, weniger verwirrt zu sein.«

Lothar schien weit entfernt. Er schwieg so lange, bis sie den Eindruck hatte, nichts gesagt zu haben. Es war sehr still im Haus. Sie saß dort auf dem Treppenrand, er in seinem Sessel. Dann stand er auf und kam zu ihr. Sie sah seine bestrumpften Füße, als er vor ihr in die Hocke ging, sie an den Schultern fasste und mit sanftem Nachdruck hochhob.

Sein Mund war an ihrem Haar. »Kannst du aber«, flüsterte er. »Du hilfst anderen.« Sie schwankten etwas, dann fanden sie die Form. Sie drehten sich langsam. Ihre Fußsohlen streiften über den Teppich, es war kaum mehr als die Verlagerung von einem auf das andere Bein. Sie tanzten schweigend, ihre Wange an seinem Schlüsselbein.

Als sie die letzten Stühle unter der Kastanie ineinandertürmten, war es halb zwei. Merten bückte sich und tat, als binde er seinen Schuh, während die anderen schon die Stufen zur Gasse hinaufstiegen. Tom sagte etwas, Uta lachte laut. Merten wartete, bis er sie nicht mehr hörte, dann ging auch er. Das Kopfsteinpflaster schimmerte rötlich im Schaufensterlicht des Schuhladens. Offene Cabrios parkten in einer Reihe bis zur Fressgasse hinunter, alle mit Strafzettel unterm Scheibenwischer. Es war niemand zu sehen, nicht einmal am Kassenautomaten neben der Parkhausausfahrt. Merten schob die Hände tief in die Taschen seiner Jeansjacke. Sein Rücken schmerzte angenehm. Die letzte halbe Stunde hatte er, um Toms aufgekratzter Freitagabendlaune zu entgehen, im Kühlraum mit dem Umräumen von Getränkekisten verbracht. Auch auf der Fressgasse war kaum jemand, nur ein vor sich hin kicherndes Paar vor dem geschlossenen Steakhaus.

Dann sah er sie. Miriam saß auf dem marmornen Beckenrand des abgestellten Springbrunnens, die Arme vor der Brust verschränkt. Sie hatte ihn noch nicht entdeckt. Sie blickte hoch zur Alten Oper, die in der bunten Nachtbeleuchtung aussah wie auf den Postkarten, die es überall zu kaufen gab. Hinter sich hörte er Lachen, während er wie angewurzelt auf dem Pflaster stand. Dann war er mit ein paar Schritten im Schatten der Geschäfte und ging über die dunklen Wege der Grünanlage hinter der Hochstraße nach Hause.

Es war unerträglich heiß in seinem Zimmer. Er warf die Jacke von sich, trank Wasser aus dem Hahn und saß auf dem ungemachten Bett, den Karton im untersten Regalfach im Blick. Panasonic. Der blaue Schriftzug war noch so deutlich wie vor Kurzem erst gedruckt. Nur an den Kanten war die Pappe gerissen, quollen unter der bräunlichen Oberfläche die aufgeweichten Ränder der inneren Schichten hervor. »Mein Musterkoffer«, hatte ihn Jakob einmal genannt. Noch am Tag seines Todes hatte Merten ihn in Jakobs Kleiderschrank gefunden und ihn auf den Gepäckträger seines Fahrrades geschnallt. Weinend war er damit durch den Ort gefahren und hatte den Karton auf dem Gelände der Druckerei in der Nähe des Bahnhofs versteckt, wie von Sinnen vor Angst, dass die Polizei ihn bei ihnen suchen könnte – oder jemand anderes. Aber niemand war gekommen, auch in den folgenden Wochen nicht. Der Mörder hatte behauptet, Jakob wegen der Demütigung getötet zu haben, wegen der erniedrigenden Art, mit der er ihn aus dem Spielsalon geworfen hatte. Und irgendwann hatte Merten den Karton wieder aus seinem Versteck gezerrt und an sich genommen.

Jetzt zog er ihn hervor und klappte den Deckel auf. Ein feiner Staubgeruch stieg auf, als hätte er Jahre in einem muffigen Keller verbracht. Mobiltelefone, noch in ihrer Originalverpackung. MP3-Player, die trotz ihrer gefärbten Aluminiumgehäuse längst veraltet waren. Kataloge von Nike. Ein einzelner Turnschuh. Der gefaltete Deckel einer Verpackung für Flachbildschirme. Merten nahm die Packung mit Mikrochips in die Hand, von denen er bis heute nicht wusste, wozu sie damals gebraucht wurden, wendete sie hin und her, warf sie zu den anderen Dingen zurück. Sie hatten ihm nichts über Jakob verraten. Es bestand längst keine Verbindung mehr zwischen seinem Bruder und diesen lächerlichen, zu Elektroschrott mutierten Beweisen, deren Harmlosigkeit nie zu seinen Erinnerungen gepasst hatte. Ein Dutzend Mal bestimmt hatte er beobachtet, wie Jakob mit einem Mitschüler vom Schuleingang über die verkehrsberuhigte Straße zur Mauer des Zoos gegangen war, in deren Schatten der Mini parkte. Wie sie sich über etwas beugten, das sich im Fußraum des Beifahrersitzes zu befinden schien. Und wie sie wieder zurückkamen, mit betont nichtssagendem Blick. Keiner von ihnen hatte Merten nach Jakobs Tod angesprochen. Einige hatten, mehr im Vorbeigehen, »Herzliches Beileid« genuschelt und ihm, Blick über den Boden huschend, kurz die schweißfeuchte Hand hingehalten.

Er schloss den Karton. Dann trug er ihn die vier Stockwerke hinunter. Die Straße war kaum befahren, die wenigen Autos, die ihm entgegenkamen, hatten Offenbacher oder Bad Homburger Kennzeichen. Als er den Peugeot erreichte, schob er den Karton auf die Rückbank. Dann fuhr er mit offenen Fenstern durch die Stadt. Es war noch immer warm, aber die Luft hatte sich verändert, ihre Dichte oder Beschaffenheit, die Nüchternheit des Herbstes war schon zu ahnen. Vor dem Eingang des Clubs standen Menschen in kleinen Grüppchen oder hockten auf der Schranke, die eine Hofdurchfahrt versperrte. Merten hielt in zweiter Reihe und beobachtete das Treiben. Einige kannte er vom Sehen, manchen hatte er am Abend Gläser mit Bier oder Wein auf den Tisch gestellt. Neue kamen dazu, schlängelten sich zur Kasse oder blieben draußen stehen. Bierflaschen wurden an die Lippen gehoben, jemand johlte ohne ersichtlichen Grund, ein anderer schwankte, als sei er gestoßen worden. Merten stieg aus, öffnete die hintere Tür und zog den Karton heraus. Er trug ihn über die Straße und stellte ihn mit geöffnetem Deckel an den Rand des Bürgersteigs, acht oder zehn Meter von einer Gruppe entfernt. Wieder hinter dem Steuer, verfolgte er im Rückspiegel, wie die ersten Passanten vorbeischlenderten. Auch einem Paar, das den Club eng umschlungen verließ und nun weiterzog, fiel nichts auf. Erst ein junger Mann mit bauschigen weißen Hosen, der – Telefon am Ohr – auf und ab ging, wurde aufmerksam. Erst wühlte er mit der Fußspitze darin herum, dann klappte er das Mobiltelefon zu und beugte sich herunter. Argwöhnisch blickte er sich um. Dann hob er den Karton auf und verschwand damit um die Ecke.

Merten drehte den Schlüssel, schaltete in den ersten Gang und fuhr los, hinaus aus der Stadt über die schnurgerade Bundesstraße zu der Ortschaft, in der er aufgewachsen war. Im Radio spielte das Nachtprogramm romantische Hits aus vergangenen Jahrzehnten. Fahrtwind wirbelte durch den Wagen.

Selbst in der Nacht hob sich das Haus seiner Eltern von den benachbarten ab. Es war größer, die Schindeln des Daches wirkten dunkler, und im Mondlicht strahlte die Fassade weißer. Vor der Garage stand das Auto seines Vaters. Er öffnete leise die Haustür und stand im Windfang. Alles ruhig. Er schlich sich am Flurspiegel vorbei, die hintere Treppe hinauf zu den Kinderzimmern im ersten Stock. Dann saß er in Jakobs Zimmer, wie er es früher manchmal getan hatte, wenn sein großer Bruder nicht da gewesen war, auf dem Boden, zwischen seinen Möbeln und den Kleidern und den schräg an der Wand hängenden Postern, ohne etwas zu tun. Im Mondlicht sah er den Schrank, in dem seine Mutter Bettwäsche und Handtücher aufbewahrte. Unter dem Fenster standen zwei Wäschekörbe, daneben das Bügelbrett. Gegenüber die Kommode mit dem Bild, das seinen Bruder als sieben- oder achtjährigen Jungen zeigte, mit Pausbacken und braunem Haar, das ihm mädchenhaft in die Stirn fiel.

Bei einem ihrer Sommerspiele waren sie kopfüber in den Pool gesprungen, bis zur anderen Seite getaucht, hatten sich aus dem Becken gezogen, waren pitschnass durch den Vorgarten gehüpft und hatten sich mit ausgebreiteten Armen auf den heißen Asphalt der Straße gelegt – bis heranrollende Autos sie aufspringen ließen und dann über die dunklen Abdrücke ihrer Körper rollten.

Merten lehnte den Kopf an die Wand und sah Jakobs Bild angestrengt an, immer wieder neu erstaunt über seine gutmütige Miene, die Zartheit seines Blicks – bis sein Augen ermüdeten und die Konturen seines Bruders verschwammen.

Nachdenklich spielte Miriam mit einem Strohhalm, der aus dem leeren Longdrink-Glas ragte. Die Tanzfläche war verwaist, nur die Theke noch gut besetzt. Die Barfrau grüßte Merten, als er sich auf die verschmierte Glasplatte des Tresens lehnte, unter der Tausende weiße Kiesel einen schmalen Strand bildeten, der bis zum Ende des Raums den Publikumsbereich von der Bar trennte. Merten hatte sich oft gefragt, auf welcher Seite sich der Innenarchitekt das Meer vorgestellt hatte und wo das Land. Auch sein Nachbar, ein korpulenter Mann mit Lederjacke, nickte, obwohl Merten nicht wusste, woher er ihn kennen sollte. Die Musik war so laut, dass er für die Bestellung zwei Finger streckte und beim lautlosen Sprechen übertrieben die Lippen bewegte. Er erkannte alles – den Griff nach einem Glas im Regal, den Druck gegen das Plastikrund der Eismaschine, den schnellen Schnitt in die Zitronenscheibe – und empfand beim Zusehen die angenehme Leere, die mit der Routine einherging. Miriam hatte ihn inzwischen bemerkt. Er nahm die Gläser entgegen, und als er sich ihr zuwandte, blickte sie schnell auf den Tisch. Er schlängelte sich an der Bar vorbei, die monotonen Bassschläge fuhren ihm direkt in den Magen. Er stellte die Gläser ab, rutschte auf die Bank ihr gegenüber und wartete darauf, dass sie aufblickte.

Was sollte sie tun? Was sollte sie an diesem Morgen anders machen, damit sich im Meer der Möglichkeiten die Schneise auftat, der richtige Weg, auf dem sich ein Schritt selbstverständlich aus dem anderen ergäbe und der lange Vormittag zu einer einzigen fließenden Bewegung würde? Bis gestern Abend hatte Ruth tatsächlich geglaubt, dass sie heute als eine andere erwachen würde: hellsichtig und klar und von einer inneren Notwendigkeit geleitet. Jetzt saß sie auf der penibel zurechtgezupften Tagesdecke und presste die Hand auf ihren zuckenden Oberschenkel. Sie zitterte bei der Vorstellung, den Schutz des Schlafzimmers zu verlassen.

Als wäre ein unhörbares Lied zu seinem Ende gekommen, war es mit ihrer Umarmung plötzlich vorbei gewesen. Lothars Arme waren von ihrer Schulter gerutscht, die Wärme seiner Hand auf ihrem Rücken verschwunden, und als sie im Dunkeln voreinander gestanden hatten, wirkte er verlegen, als hätte er wieder allein sein wollen. Wortlos hatte sie sich zurückgezogen, und er hatte sich wieder an den Schreibtisch gesetzt. Er war über Nacht unten geblieben. Sie hatte Fernsehstimmen gehört und später, im Halbschlaf, das Geräusch von Wasser, als schwämme er im Mondschein seine Bahnen. Seit den frühen Morgenstunden war er im Garten beschäftigt gewesen, in der Küche, doch jetzt war es wieder still.

Die Muskeln ihres Beines hatten sich beruhigt, dafür zuckte eine Sehne am Handgelenk. Sie schloss die Finger mehrmals zur Faust und schüttelte den Arm. Sie gab sich einen Ruck, stand auf und ging die Treppe hinunter, vorsichtig, als könnte sie stolpern. Er hatte in der Küche gedeckt, Kanne und Tassen standen auf dem Tresen, Brot, Marmelade, Butter. Als sie die Krümel auf seinem Teller sah, die Honigreste am Messer, liefen ihr plötzlich Tränen aus den Augen. »O Gott«, schluchzte sie immer wieder, im Türrahmen stehend. Dann war es gut, und sie saß auf dem Hocker und atmete, die bauchige Keramikform in Händen, den vertrauten Geruch des Tees.

Die Autobahn war leer. Entfernt zogen die Hochhäuser der Stadt vorbei. Der leichte Krampf in den Fingern, als sie das Lenkrad hielt, während die geschwungene Ausfahrt sie auf die Landstraße trug. Ihr Fuß presste die Kupplung, die Hand schaltete, der andere Fuß drückte das Gaspedal. Gelbe Schilder huschten durch ihr Gesichtsfeld, Kühe auf einer ansteigenden Wiese, die Bäume trugen auf einmal Äpfel. Das Ticktack des Blinkers, als sie an einer Ampel wartete. Sie folgte der Straße den Hügel hinauf, altes Fachwerk zwischen Würfelbungalows mit gläsernen Wänden nach Süden hin. Das Rauschen des Windes in den Kronen der Eichen, während sie den Kiesweg zu den Parkplätzen entlangrollte. Ihre schnellen Schritte die wenigen Stufen hoch zur Flügeltür. Ein alter Herr im schwarzen Anzug saß mit hängendem Kopf im Rollstuhl direkt hinter dem Eingang. Gründerzeitparkett, hohe Wände. Nur die Regenbogenzeichnungen an den pastellgelben Wänden voll Freundlichkeit und Sonnenlicht und kindlicher Zuversicht wollten nicht zur dezenten Herrschaftlichkeit passen.

Die Tür war angelehnt. Ihre Mutter befand sich allein im abgedunkelten Raum. Sie hatte ihre Möbel mitgebracht, die Schrankwand, den kleinen Tisch mit den zwei Sesseln; dort, wo lange Zeit die Couch gestanden hatte, ragte jetzt das Krankenhausbett in den Raum, flankiert von elektronischen Geräten und dem Metallgestänge, an dem die Beutel mit der künstlichen Verpflegung hingen. Eine sterile Frische lag in der Luft, als säuberte ein versteckter Reiniger die Atmosphäre, entzöge ihr Gerüche und Erinnerungsspuren, so dass die Klarheit ewiger Gegenwärtigkeit blieb, jenseits von Trost und Verzweiflung.

Ruth hob geräuschlos einen Stuhl heran und betrachtete das Gesicht ihrer Mutter. Die dünne Haut der Wangen, die knöcherne Nase mit den winzigen roten Äderchen, der eingesunkene Mund. Durch ihr Flaumhaar schimmerte die Kopfhaut, rosa wie die eines Babys. Ihr war, als hätte sie erst gestern hier gesessen – dabei waren seit ihrem letzten Besuch Wochen vergangen.

»Hallo, Frau Wilber.«

Eine Schwester schaute herein.

»Hallo, Frau Schütz. Alles in Ordnung?«

»Ja«, flüsterte die Frau. »Es geht ihr gut. Sehr friedlich, sehr gut.« Statt einer Schwesterntracht trug sie eine Leinenhose und einen gelben Pullunder mit V-Ausschnitt. Sie lächelte. Dann verschwand sie wieder.

Der Atem ihrer Mutter ging federleicht. Dort, wo die Bauchsonde in den Körper eindrang, warf die leichte Decke einen Hügel. Erst hatte sie nicht mehr gesprochen, dann nichts mehr gegessen und kurz darauf auch nicht mehr die Augen geöffnet. In den ersten Wochen hatte sie gewimmert, als wehre sie sich gegen etwas, doch bald hatten sich ihre Züge geglättet, und die gesunde Hautfärbung, die Ruth kannte, seit sie denken konnte, war zurückgekehrt.

Ruth nahm die schlanke Hand vom Laken, drückte kaum merklich ihre Finger. Sie beugte sich vor und legte ihre Wange an den durchsichtigen Handrücken ihrer Mutter.

Lothar klinkte aus. Elegant neigte sich das Flugzeug, und seine Bodenhelfer klebten als winzige Figuren auf einer abfallenden Fläche. Als der Flügel in die Horizontale zurückschwang, schob sich das Grundstück unter dem Hang des Felsberges wie eine schmale Zunge hervor. Tief unter ihm stand Gründberg, Kopf im Nacken, und schaute hoch. Lothar spürte seinen Blick, das Staunen darüber, dass der Flieger vor wenigen Sekunden noch auf der Erde gelegen hatte und nun als weiße Strichzeichnung am Himmel hing. Er drückte das Seitenruder und leitete die nächste Kurve ein. Die kleinen Kratzer im Plexiglas der Haube leuchteten wie ein Schwarm Plankton.

»Erklären Sie es mir? Was machen Sie, wenn Sie oben sind?« Gründberg hatte gebückt neben dem Cockpit gestanden und ihn eindringlich fixiert, und Lothar hatte, die Hand schon am Haubengriff, etwas von Trimmung und Aufwindfeldern gesagt. Er war ungeduldig, er wollte nicht mehr sprechen, überwältigt von der Tatsache, dass der Motor der Winde mit trägem Blubbern angesprungen war; dass sich das Seil problemlos abrollen und einklinken ließ; dass über ihm 4/8-Kumuluswolken am perfekt bereiteten Himmel standen. Die Auswirkungen seines Willens, die Ergebnisse seiner monatelangen Bemühungen kamen ihm auf einmal vor wie Zauberei, deren wundersame Kraft man durch überflüssige Worte nur aufs Spiel setzte. Aber Gründberg nahm die Hand nicht vom Rand der Einstiegsöffnung.

»Ich frage mich, was mein Vater dazu sagen würde.«

»Was meinen Sie?«

»Dass von seiner wilden Wiese jetzt Flugzeuge starten. Vielleicht würde es ihm sogar gefallen. Nein, ich weiß nicht. Es ist über zehn Jahre her, dass ich einschätzen konnte, was meinem Vater gefiel oder nicht.«

Lothar hatte nach vorn geblickt. Eine leichte Brise war über seine Schläfen gestrichen. Irgendwo dahinten wartete Gründbergs Ingenieur in der vergitterten Kabine auf ihr Zeichen, das Gaspedal zu drücken. Als er den Kopf wandte, hatte Gründberg wieder diesen träumerischen Ausdruck gezeigt, wie vor einigen Tagen schon. Er hatte den Kopf näher herangeschoben. Sein rundes Gesicht war rot vor Aufregung.

»Wissen Sie, Ihr Angebot hat einiges bewirkt. Zwischen mir und meinen Brüdern. Wir haben viel geredet in den letzten Tagen.«

Lothar blickte wieder über die Piste. Die Vorstellung, dass er, ohne es zu wissen, etwas in Gang gesetzt hatte, dass er ungewollt anderen geholfen hatte, war so abwegig und überraschend, dass er nicht wusste, was er sagen sollte. Er hatte keinen Gedanken mehr an die Brüder verschwendet, nachdem klar gewesen war, dass nur Peter Gründbergs Zusage für ihn Bedeutung hatte. Der älteste, ein Anwalt mit Designerbrille, hatte sich während ihres Treffens fortwährend am Ohrläppchen gezupft. An das Gesicht des mittleren konnte er sich schon nicht mehr erinnern. Als Lothar noch immer schwieg, stülpte Gründberg zufrieden die Lippen vor.

»Na dann.«

Er klopfte gegen die Verschalung und stapfte, während Lothar die Haube verriegelte, zum Ende des Flügels, hob ihn hoch, wartete – wie Lothar es ihm aufgetragen hatte – auf sein Nicken, streckte den Arm in die Höhe, ließ ihn fallen, lief – vom abrupten Zug der Winde überrascht –, zwei Schritte mit, bevor er die Fläche losließ. Und dann war Lothar in der Luft, gestartet von der eigenen Piste.

Er tat das, was er Gründberg erklärt hatte. Er drehte eine Platzrunde, während er auf das Flattern des Haubenfadens achtete. Suchte und fand schwebende Vögel. Verlor im Fallwind rapide an Höhe, bevor der stärker werdende Druck in den Sitz aufsteigende Ströme ankündigte, mit denen er sich in engen Kreisen in die Höhe schraubte. Als er die Wolke wieder verließ – der Zeiger war auf 900 Meter geklettert – war das Flugzeug für Gründberg und seinen Kollegen im strahlenden Blau des Himmels wohl nicht mehr auszumachen. Unter ihm erstreckte sich ein Flickenteppich aus Feldern und Obstwiesen, durchschnitten von geschwungenen Straßen, die ein Haufendorf mit dem nächsten verbanden. Er sah eine schmale Seenkette, von der er bisher nichts gewusst hatte, eine Fabrik, über deren Schornstein eine graue Rauchfahne stand, segelte über Wälder und Hügel, die wirkten, als seien sie bei ihrer Entstehung von irgendeiner Kraft am Wachsen gehindert worden.

Bei ihren gemeinsamen Ausflügen hatte Jakob gern unangekündigte Manöver eingeleitet. Er überzog das Flugzeug, bis es auf den Rücken fiel. Er drehte Mehrfachloopings oder ließ den Segler, um die Hochachse trudelnd, gen Boden stürzen, als prüfte er, wie weit er gehen könnte, als wollte er den Moment finden, in dem sein Vater endlich den Steuerknüppel nach vorn stoßen oder gegen das Seitenruder drücken würde. Aber Lothar hatte nie eingegriffen. Er hatte sich einen Spaß daraus gemacht, Jakobs Aufforderungen ins Leere laufen zu lassen. Selbst als der Zeiger des Höhenmeters unter die Dreihundertmetermarke sackte, waren Lothars Arme vor der Brust verschränkt geblieben.

Die Justizvollzugsanstalt lag in einem mittelalterlichen Städtchen in den Kasseler Bergen, sie war in einem ehemaligen Jagdschloss untergebracht, das von einem Wallgraben umgeben wurde, eine Festung mit kleinen vergitterten Fenstern und einem zweiflügeligen Tor; Stacheldrahtrollen zogen sich über die pittoresken Mauern, die das Hauptgebäude zu beiden Seiten flankierten.

Ruth war eine halbe Stunde zu früh. Sie ließ das Auto auf dem leeren Parkplatz vor dem Eingang stehen und ging über eine Brücke zurück, auf die andere, belebte Seite der Altstadt. Samstag, halb zwölf: Auch hier erledigten die Menschen ihre Wochenendeinkäufe, schlenderten Gässchen mit Kopfsteinpflaster entlang, unterhielten sich an Tischen vor einer Eisdiele oder verließen mit Plastiktüten in der Hand ein Mobilfunkgeschäft. Niemand weiß, wo ich bin, dachte sie, während sie, langsam wie die anderen, an den herausgeputzten Fassaden der Fachwerkhäuser vorüberging. Wie aus weiter Ferne hörte sie das Scharren ihrer Schritte auf den blank polierten Steinen. »Mama!«, rief ein Kind. »Mahmaa!« Ruth war, als werde sie unsichtbar, als sei sie dabei, zu verschwinden.

Ohne die bestellte Eisschokolade anzurühren, saß sie vor

einem Café und betrachtete verwundert das Cover eines Reisemagazins auf einem Stuhl, als sei sie am abgebildeten Felsstrand selbst schon einmal gewesen. Auch die breiten Türstürze der Häuser um sie herum und die eisernen Gegenstände – Schere, Brot oder Brille –, die als Erkennungszeichen über den Eingängen der Geschäfte hingen, kamen ihr bekannt vor. Merten war noch ein Baby gewesen, Jakob hatte seinen kleinen Bruder stolz im Arm getragen, und sie hatte den leeren Kinderwagen neben ihnen her durch eine Gasse geschoben, über ein Pflaster wie dieses. Im schummrigen Hinterraum des Cafés wusch sie ihre Hände. Sie fasste ihr Haar im Nacken mit einer Spange zusammen. Ihr Gesicht im Spiegel war ohne Ausdruck.

Zurück am Gefängnis war auf dem Parkplatz kein Mensch zu sehen. Sie stellte sich vor die Stahltür neben den ehemaligen Schlosseingang, ins Blickfeld der Kamera. Nach wenigen Sekunden ging der Summer, das Tor öffnete sich, sie machte einen Schritt und stand in einer Schleuse. Linker Hand hinter dem Panzerglas näherte sich eine Frau; im Hintergrund bemerkte Ruth einen Mann, der zu einer Reihe Schwarz-Weiß-Monitore blickte, die den Ausschnitt vor dem Eingang und den Parkplatz mit den Bäumen in der Mitte und sogar die Brücke über den Graben zeigten. Schon vorhin beim Parken war sie beobachtet worden. Die Frau sah sie durch die Scheibe an.

»Ich möchte zu Kai Vogler«, sagte sie ins Mikrofon und schob Ausweis und Besucherschein in die Lade unter der Scheibe. Die Frau entfernte sich, und Ruth sah zu den Monitoren. Ein Mann stieg in ein Auto, rollte aus der Bucht und Sekunden später auf einem anderen Schirm über den

Wall – sobald Ruth einen Bildschirm fixierte, huschten eingebildete Schatten über die anderen Monitore, so dass sie am Ende auf ihre Schuhe schaute. Das Pflaster in der Schleuse war das gleiche wie in der Fußgängerzone. Die Tür schnappte auf, und die Frau bat sie, alles, was sie bei sich trug, in ein Schließfach zu sperren. Wie am Flughafen fuhr ihr die Frau mit einem Metalldetektor über die Kleidung. Ruth zog die Schuhe aus, und als die Frau vor ihr kniete, mit den Fingern über ihre Fußsohlen strich und die Einlegesohlen abtastete, starrte Ruth auf die Schulternaht ihres blauen Blazers, auf das blond gefärbte, am Ansatz dunkel nachwachsende Haar der Beamtin. Was tue ich hier?, dachte sie.

Ruth wartete wieder. An der niedrigen Decke des Raums mit den Garderobenschränken hing eine Neonröhre, in einer Ecke stand ein Getränkeautomat. Eine weitere Glastür öffnete sich, und sie ging mit einer hageren Aufseherin, die zur Begrüßung knapp genickt hatte, einen Gang entlang. Wusste sie, wer sie war, hielt sie Ruth für die Mutter eines Mörders? Das Taubheitskribbeln im Unterarm war wieder da. Ruth schloss die Hand mehrmals zur Faust, schüttelte die Finger aus. Eine Reihe geschlossener Türen. Es roch wie in den Fluren von Jakobs Gymnasium. Erinnerungen stürzten über ihr zusammen, Kinder, die durch Katakomben stürmten, schreiend wegen des Echos. Jakobs feuchte kleine Finger in ihrer Hand, als sie gemeinsam vor dem Zimmer des Direktors warteten, weil er – erst seit wenigen Wochen an der Schule – Kastanien durch den Hof geworfen und dabei eine Lehrerin am Kopf getroffen hatte. Der Schlüsselbund der Aufseherin klirrte bei jedem Schritt. Es ging zwei

Stufen hinunter, sie sah links eine vergitterte Milchglasscheibe und hörte plötzlich männliche Stimmen. Die Frau schloss ein Eisengitter auf, verriegelte es hinter ihnen wieder, und sie marschierten durch einen weiteren Gang. Dann wurden die Schritte der Aufseherin langsamer, und daran erkannte Ruth, dass sie angekommen waren, dass hinter der breiten Tür, auf die sie zusteuerten, das Besuchszimmer lag.

Ruths Kopf war wie leer gefegt. Das heftige Pochen ihres Herzens kratzte in der Kehle, ihre Zunge lag geschwollen im ausgetrockneten Mund. Am liebsten wäre sie der spindeldürren Frau um den Hals gefallen, hätte die Arme um ihre knochigen Schultern geschlungen. »Könnte ich bitte ein Glas Wasser haben«, wollte sie sagen, doch bevor sie ihre Lippen öffnen konnte, sprang die Tür auf, und sie sah als Erstes einen gemalten bunten Schmetterling auf einer matten Scheibe, die durch Metallstreben gesichert war. Dann fiel ihr Blick auf zwei Beamte, die schweigend an der Wand standen. Sie sah die fünf länglichen Tische, jeder einen Meter vom anderen entfernt. Sie sah den leeren Tisch ganz hinten und die drei Paare, die an den anderen saßen, vornüber gebeugt, und dann sah sie, am ersten Tisch, nur wenige Meter von sich entfernt, den jungen Mann mit dem runden Gesicht und dem dichten braunen Haar, das sich um seine Stirn legte wie der Lockenbogen eines römischen Kaisers. Und während verspätet das Gemurmel leise sprechender Stimmen an ihr Ohr drang, lagen – nur für den Bruchteil einer Sekunde – seine eng stehenden Augen auf ihr. Eine Hand schloss sich um ihre Kehle. Sie hustete. Dann war der Schock seiner Lebendigkeit vorüber.

Ruth machte ein paar Schritte und setzte sich, der Mann

ruckte zurück und nahm die Hände vom Tisch. Die Hand, die ihren Sohn erstochen hatte. Ruth atmete durch den Mund, dann wieder durch die Nase, aber so flach, dass sie keine Gerüche wahrnahm.

Er trug ein dunkelblaues Sweatshirt, und sein kräftiger Oberkörper war gekrümmt, leicht geduckt. In ihm war Spannung, ein Fluchtimpuls, als könnte er jeden Moment aufspringen. Aber sie konnte ihn in Ruhe betrachten. Seine vorspringenden fleischigen Lippen, das Kinn mit der Kerbe, die blasse, vernarbte Haut und die trüben Augen, in denen etwas wie Ratlosigkeit stand. Teilnahmslose Ratlosigkeit.

Er wich ihrem Blick aus, wartete einfach. Sie hörte Satzfetzen vom Nachbartisch: »Er schreit über eine Stunde, und sie wissen nicht, was sie machen sollen«, sagte eine junge Frau schnell und fahrig, als fürchtete sie, unterbrochen zu werden. Ein Mann nuschelte Unverständliches. Dann verstand Ruth: »Münzen. Hast du Münzen?« Ein Aufseher verlagerte das Gewicht und verzog den Mund, als pule er mit der Zunge nach einer Fleischfaser zwischen den Zähnen. Stuhlbeinkratzen, die Frau vom Nachbartisch stand auf, ging zu einem Automaten an der Wand und zog Ruths überraschten Blick wie einen Faden hinter sich her. Da hing ein Süßigkeitenautomat. Balisto. Gummibärchen. Chips. Ruth starrte auf die Scheibe, hinter der die bunten Zellophanpackungen auslagen. Als sie ihn wieder ansah, hatte er sich aufgerichtet. Seine Hände lagen auf dem Furnier des Tisches. Breite Finger, kurz geschnittene Nägel, Nikotinverfärbungen an Zeige- und Mittelfinger. Das Kinn erhoben, blickte er sie abwartend an. Nach vier Jahren, hatte sie gelesen, gab man sich auf, ließ die Zelle verkommen, machte keine Kraftübungen mehr, vegetierte wie im Halbschlaf vor sich hin. Die Nachbarsfrau setzte sich wieder, schob etwas Knisterndes über den Tisch, sagte:

»Mama hat jetzt auch Internet.«

Er öffnete den Mund, als wollte er sprechen. Aber dann schloss er die Lippen wieder, und sein Kinn rutschte tiefer.

»Kriegen Sie oft Besuch?« Das waren ihre Worte. Das waren die Worte, die sie als Erstes sagte, in diesem trostlosen Raum – und alle hatten sie hören können: er und die Aufseher und die beiden vom Nachbartisch und die, die irgendwo hinter Monitoren saßen. Sie wünschte, dass er antwortete, ohne dass etwas in seiner Stimme mitschwang. Keine Müdigkeit, kein Trotz, kein Bedauern und erst recht keine Hoffnung. Nichts, das sich mit ihr verweben konnte.

»Oft?« Er zuckte mit den Schultern. »Kommt drauf an. Alle zwei Monate vielleicht.« Seine Stimme war kratzig, als hätte er lange nicht gesprochen. Sonst nichts. Seine Mundwinkel hingen für einen Moment schlaff herunter, Empörung wanderte über seine Züge und war schon wieder weg.

»Gut«, sagte sie, während etwas wie Licht oder Feuer an ihrer linken Seite züngelte, unterhalb ihres Busens, in der Haut oder den Rippen, nicht zu lokalisieren und eindeutig da. Das war ungewohnt: Dass jedes ihrer Worte ein Spur hinterließ, einen Nachklang in ihrem Körper. Sie sah ihn an. Dann sagte sie:

»Ich bin eben im Gang … da waren Stimmen auf der anderen Seite. War das der Hof? Waren das Häftlinge im Hof?«

Seine Finger griffen ineinander.

»Der Hof? Wahrscheinlich.«

Ruth begann zu schaukeln, vor und zurück, sie schnaufte, als sei das Gespräch schon vorüber, saß dann wieder still. Das verlegene Räuspern vom Nachbartisch, die Langeweile des Aufsehers – dann nahm sie nur noch den Mann wahr, der vor ihr saß.

»Ist Ihnen bewusst, was Sie getan haben?«

Er schaute auf den Tisch. Sagte nichts. Sie wartete.

»Sagen Sie mir, was Sie getan haben?«

Er nickte. Sein Kopf machte eine Bewegung, etwas wie Nicken. Seine Lippen zitterten, oder Ruth kam es so vor. Aber er sagte nichts. Er hockte reglos da wie ein Reptil, durch dessen winziges Stammhirn sich nur der eine Gedanke wälzte: Noch zehn Jahre, acht Monate und soundso viele Tage. Sie beugte sich einen Tick vor.

»Ich habe Ihren Sohn getötet.«

»Wie bitte?«

»Ich habe Ihren Sohn getötet.« Ein Geräusch, als schnappte er nach Luft. Seine rechte Schulter zeichnete sich deutlich unter der Baumwolle ab, der ganze Rumpf hatte eine winzige Drehung nach links vollzogen, sich ihr minimal entgegengestreckt. Erleichtert beugte sie sich zurück.

»Ja«, sagte sie. Eine Pause entstand, in der das Echo all ihrer Monologe um sie herumschwirrte, all der Sätze, die sie jemals an ihn gerichtet hatte, in der schlaflosen Finsternis unzähliger Nächte. »Und, wissen Sie auch, was das bedeutet?« Nein. Konnte er nicht. Niemand konnte das. Nicht einmal sie selbst wusste, was es bedeutete, dass Kai Vogler ihren Sohn erstochen hatte.

Er bewegte sich nicht. Nur sein Kiefer sackte herab, und

mit dieser kleinen Bewegung trat etwas Neues, Widerwärtiges in seinen Ausdruck, Überheblichkeit, eine Spur Langeweile. Blanker Hass schimmerte in ihr auf, und als fräße sich die Fantasie eines Fremden durch ihre Vorstellung, sah sie die Mündung eines Laufs in der Mitte zwischen seinen Brauen, und dann explodierte der Raum, und Flugzeugsitze, Wandteile und auseinandergerissene Gliedmaßen schleuderten durch die Luft und gingen lautlos auf einem Acker nieder. Feuerwehrmänner, die in Schutzanzügen durch rauchende Trümmer wateten, in der Hitze, im Gestank verkohlten Fleisches, geschmolzenen Kunststoffs. Das Bild war beruhigend wie die Fotos aus dem Heft, das sie gefunden hatte.

»Dann sage ich es Ihnen. Es bedeutet: Sie haben unsere Familie zerfetzt. Sie haben ein riesiges Loch in unsere Familie gerissen und sich selbst hineingedrängt. Es gefällt mir nicht. Es gefällt mir absolut nicht, aber so ist es: Sie gehören dazu. Verstehen Sie mich? Sie gehören dazu.« Unruhig hatte sein Zeigefinger über die Oberfläche des Tisches gerieben, Überraschung hatte seine Züge verzerrt, doch nun hingen seine Schultern schlaff, und sein Ausdruck war erloschen. »Ich möchte, dass Sie uns schreiben. Dass Sie schreiben, was Sie tun. Wann Sie aufstehen, wann Sie arbeiten, wann Sie auf den Hof gehen. Handgriffe. Wege. Die Stunden eines Tages. Das möchte ich.« Ruth atmete ein. »Sie haben unseren Sohn getötet, und das ist die Pflicht, die ich Ihnen auferlege.«

Sie beugte sich zurück. Ihr linkes Augenlid zuckte, während sie ihn betrachtete. Sie wartete, versuchte vergeblich, seine zerfließenden Züge zusammenzuhalten.

Er nickte, zögernd, als probierte er eine ungewohnte Bewegung.

»Können Sie auch sprechen?«

»Ja«, flüsterte er.

Und als hätte jemand einen Schalter betätigt, war die Umgebung wieder da. Der Tisch rechts von ihnen war inzwischen leer. Im grellen Neonlicht zogen sich ihre Lider zusammen. Und sie bemerkte den gleichmütig wartenden Aufseher, den bewegungslosen Zeugen an der Wand, der ruhig wegschaute, als ihre Blicke sich begegneten.

Lothar segelte so hoch, dass die dunklen Unterseiten der Wolken sich tief über die Haube senkten. Minutenlang blickte er nicht hinunter, orientierte sich nur an den Fasern und Fetzen, die über ihm dahinfegten. Die Kälte versteifte seine Finger und wanderte bis in die Knochen. Er schoss im Steilflug hinab und stieg im nächsten Strom geduldig bis zur höchsten Stelle wieder hinauf – um Jakobs Reiz nachzuempfinden, seine Lust, bis in Alpenhöhen hinaufzuklettern, bis in Lagen, in denen die Luft dünn wurde.

Er selbst war nie in den Bergen gesegelt, auch nicht, als Jakob ihn dazu drängte, nachdem er die Berichte der legendären Alpenflieger gelesen hatte: fantastische Beschreibungen von Lufttänzen und gefährlichen Wenden am Fels, von Thermikblasen, die sich aus feuchten Wiesen lösten und – durchwirbelt in den Höhenwinden – Flugzeuge wie Pingpongbälle hin- und herschleuderten. Böige Walzen, magische Aufwinde und tote Luft. Gipfelschatten, die plötzlich über die Kabine herfielen. Wuchernde Eiskristalle am Rand der Scheibe. Die Flüge lasen sich wie Expeditionen in das Herz einer fremden Welt. Er verstand Jakobs Faszination – doch er selbst wünschte nur, in Ruhe zu steigen und gemächlich von Aufwind zu Aufwind zu wandern. Er musste keine halsbrecherischen Manöver in einer Höhe von dreitausend Metern provozieren, allein mit dem Zischen eisiger Luft, Aug in Aug mit den schneebedeckten Vorsprüngen senkrechter Wandstürze.

In ihrem Frankreichsommer hatte Jakob erneut davon angefangen. Merten und Ruth waren im Haus gewesen oder hatten schon geschlafen, und nachdem Jakob und er schweigend dem immer lauter werdenden Tsitsi der Zikaden gelauscht hatten, schlug Jakob vor, kurzfristig eine Flugwoche in Österreich an den Urlaub zu hängen.

»Kein Bedarf. Aber fahr allein, du bist alt genug«, hatte er gesagt, obwohl er wusste, dass Jakob nicht allein, sondern mit ihm zusammen fliegen wollte. Jakob hatte nicht geantwortet. Er hatte einen Schluck Wein genommen und dann nach der Zigarettenschachtel gegriffen und geraucht, enttäuscht darüber, dass sein Vater beim Segeln nur die Stille und nicht das Abenteuer suchte.

Jetzt blickte Lothar hinunter. Er flog westlicher, als er vermutet hatte. In der Tiefe sah er die unregelmäßig vor- und zurückspringende Kante des Odenwalds mit ihren Weinhängen, die flache Mainebene auf der anderen Seite der Autobahn. Am Horizont entdeckte er die Türme Frankfurts. Er zog nach rechts, und kurze Zeit später kam der Felsberg in den Blick und die kleinteiligen Felder und Obstwiesen, die sein Grundstück umschlossen. Der Westwind war stärker geworden und hatte die dichte Wolkendecke auseinandergetrieben. Lothar drückte den Kopf in die Lehne. Er schloss die Augen.

An seinem letzten Morgen war Jakob in der Terrassentür erschienen, als Lothar nach dem Schwimmen beim Frühstück die Zeitung las. Er war blass gewesen und hatte einen seiner Glanzanzüge getragen. Es war ungewöhnlich, dass er so früh auf den Beinen war, und Lothar wartete, dass Jakob sich zu ihm setzte. Aber Jakob blieb in der Tür, als scheute er die kühle Frühlingsluft, lächelte sein gewinnendes Lächeln, das seinen müden Augen widersprach. Er fragte, ob Lothar ihm sein Auto leihen könnte – der Mini sei in der Werkstatt. Ärger war in Lothar aufgestiegen, als er seinen Sohn dort stehen sah, Ärger über den affigen Aufzug, über sein verwöhntes Grinsen, Ärger und Enttäuschung darüber, dass sie nicht zusammen frühstücken würden wie früher.

»Tut mir leid. Musst die Bahn nehmen. Wie dein jüngerer Bruder auch«, hatte er gesagt. Und wieder in die Zeitung geschaut.

Ein einfaches Ja – und Jakob hätte nicht zur S-Bahn gehen müssen.

Lothars Finger lagen um den Steuerknüppel, die Sohlen seiner Schuhe auf den Seitenruderpedalen. Er flog die Linkskurve so, dass der Anstellwinkel des zurückeilenden Tragflügels sich erhöhte, und in dem Moment, in dem die Strömung abriss, in dem Nadelspitzenzeitpunkt, bevor die Fläche fiel, war es, als seien alle Rumpf- und Flügelschalen abgefallen, als säße er zwischen den nackten Steuerstangen im Wind, in den Verstrebungen aus Seilzügen, Ruderscharnieren und Umlenkhebeln. Dann senkte sich die Flugzeugnase nach unten, und die erleichternde Drehbewegung setzte ein, das betäubende Taumeln um die eigene Achse, der immer schneller werdende Spiralsturz durch rauschende Stille. Druck schraubte seinen Kopf ein, irgendetwas knallte wie feuchte Handtücher gegen seine Ohren, immer wieder und auch noch, als er längst die Ohnmacht erwartete.

Verwischtes Grün, aufgleißendes Blau und das Asphaltgrau einer Straße, als er die Augen öffnete. Ein weißer Fleck raste durch sein Gesichtsfeld, der Umriss eines vertrauten Wagens, so schnell, dass nur ein flimmernder Nachglanz blieb – doch sein Fuß drückte mit ganzer Kraft das Seitenruder, seine Hände waren zur Stelle und fingen – als stieße eine Faust in seinen Magen – den Segler auf. Ein reißendes Knirschen im Rumpf, und der Horizont sprang an seinen Platz zurück.

Über die Wiese schlitternd kam er zwei Minuten später zum Halt. Er sah Gründberg und seinen Ingenieur ungefähr vierhundert Meter entfernt. Er sah dort, wo auch die anderen Autos standen, Mertens weißen Peugeot. Dann sah er seinen Sohn über die Wiese auf ihn zurennen. Lothars Finger zitterten, als er die Haube öffnete. Jetzt hörte er ihn rufen, er verstand nicht, was sein Sohn rief, während er auf ihn zurannte. Tränen liefen Lothar über die Wangen, auch als Merten schon neben ihm stand.

Das neue Haus lag am Hang, mit Blick ins Drombachtal, in dem sich seit einigen Tagen der Morgennebel bis in die Mittagsstunden hielt. Dichte Schwaden trieben unterhalb des letzten Hofes durch die Senke, würden später im Sonnenlicht schmelzen und schließlich eine farbsatte Herbstlandschaft freigeben: abgeerntete Felder, Laubwälder in allen Schattierungen, dazwischen das immer gleiche Förstergrün der Nadelbäume. Nachdem Ruth die Post aus dem Kasten genommen hatte, blieb sie in der offenen Haustür stehen und beobachtete – beißende Luft an ihren Unterarmen und Waden –, wie der Transporter, der die Bäckereien der Umgebung belieferte, auf der gewundenen Straße das Dorf verließ, an den Stallungen und dem lang gezogenen Unterstand vorbeifuhr und hinter dem Abzweig zum Kalkbruch ins Nebelbett eintauchte. Erst hier, in der Abgeschiedenheit der Achtzigseelengemeinde, war ihr aufgefallen, wie oft am Tag der Lärm eines startenden Flugzeugs die Vorortstille in Steinbach zerrissen hatte.

Sie blätterte durch die Umschläge und fand eine Ansichtskarte, die Merten aus Hamburg geschickt hatte. Vorn war ein Leuchtturm vom Ufer der Elbe abgebildet, die Rückseite zierte dieses Mal sogar ein vollständiger Satz:

»Dieser Turm ist höher, als er aussieht.« In der Ecke stand: »Gruß auch von Miriam!« Daneben die fingernagelkleine Zeichnung eines Hundes mit langen Ohren. Ruth warf die Werbeprospekte in die Altpapiertonne und ging zurück ins Haus.

Als sie an jenem Tag nach ihrer Rückkehr vom Gefängnis aus dem Auto gestiegen war, hatte sie Stimmen aus dem Vorgarten gehört. Durch einen Strauch hatte sie Lothar gesehen, der unter dem Sonnenschirm stand, und Merten, am Rand des Beckens. Merten hatte zu den Worten seines Vaters so ausgelassen gelacht wie seit Jahren nicht. Sie hatte die beiden nicht stören wollen und war über den Vordereingang ins Haus gegangen. Später, als Merten wieder gefahren war, hatte sie sich zu Lothar nach draußen gesetzt. Sie hatten beide nichts gesagt. Die Abendsonne warf den gezackten Schatten der Robinie aufs Gras. Unsichtbar tapste ein Hund hinter der Hecke vorbei. Und während sie schweigend auf der Terrasse saßen, nur wenige Schritte von der Küche entfernt, in der sie das Heft verbrannt und Lothar zwei Abende später im Streit die Pfanne in die Spüle gestoßen, in der sie an diesem Morgen vor ihrem Aufbruch noch allein am Tresen gehockt hatte, kam das Wasser im Becken langsam zur Ruhe. Sie dachte an die letzten Tage, an den Schreck, mit dem sie begriffen hatte, was die Abbildung im aufgeschlagenen Heft auf dem Waldweg zeigte. An den Stromschlag, der sie zurückzucken ließ, als sie beim Essen mit Merten unter dem Tisch gegen Lothars Bein stieß. An ihre Panik, als sie Lothar an der Kiesgrube nirgendwo entdeckte. An ihre scheue Umarmung gestern Abend auf dem

Treppenabsatz. Und sie dachte an die überraschende Erleichterung, die Kai Voglers Worte in ihr ausgelöst hatten, der mit heiserer Stimme gesprochene Satz: »Ich habe Ihren Sohn getötet.« Sie dachte an all das, ohne dass eine Erinnerung mit der anderen verbunden gewesen wäre. Sie zogen, jede für sich, einfach vorbei.

Lothar hatte sie angeblickt.

»Wie war es bei deiner Mutter?«, hatte er endlich gefragt. »Geht es ihr gut?«

»Ja. Gut.«

Sie hatten sich angesehen, bis Ruth wegschaute.

»Wenn du willst, können wir das Haus jetzt verkaufen«, hatte er nach langem Schweigen gesagt.

Kai Vogler schrieb kein einziges Mal. Sie hatte es schon gewusst, als sie von der hageren Frau durch die Gänge zur Pforte zurückbegleitet wurde – und sie hätte seine Briefe ohnehin nicht gelesen. Er war noch immer da, in ihrem Kopf, aber er überwucherte nicht mehr ihre Gedanken, besetzte nicht mehr ihre Träume. Einmal am Tag, wenn sie den Aluminiumschlüssel im Schloss des Briefkastens drehte, tauchten seine Züge vor ihr auf, der Lockenbogen um die Stirn, seine ratlosen Augen, um gleich wieder zu verschwinden und sie bis zum nächsten Morgen in Ruhe zu lassen.

Über Jakob sprachen sie selten. Manchmal sagten sie etwas wie: »Weißt du noch, seine Wut, nachdem er beim Skilaufen in Sölden gestürzt war?« Oder: »Weißt du noch, wie die beiden in Kroatien vom Felsen gesprungen sind?« Oder nur: »Das hätte Jakob gefallen.«

Ruth legte die Umschläge auf den Tisch, der viel zu groß für das kleine Fachwerkzimmer war, in dem sie seit dem Wetterumschwung wieder zu Abend aßen. Durch die Sprossen des Fensters sah sie Lothar im Garten das Ahornlaub zusammenrechen. Sie schaute so lange, bis er sich umwandte und sie anlächelte, genau so, wie er bei ihrer ersten Begegnung in einem Crew-Raum des Frankfurter Flughafens gelächelt hatte, vor fast dreißig Jahren, mit einer Mischung aus Siegesgewissheit und Geduld, in die sie sich auf der Stelle verliebt hatte.

Sie hielt die Ansichtskarte von Merten in die Luft.

Lothar nickte. Dann harkte er weiter.

Mein Dank gilt Inga Rück, Jan Schmidt, Jannes Siems und Dieter Stolz. Besonders danke ich Mirella Weingarten.